# 七《なな》色《いろ》スターズ！③

## わたしの運命《うんめい》の人《ひと》、だれですか!?

深海《ふかみ》ゆずは・作
桂《かつら》イチホ・絵



角川つばさ文庫

七色《なないろ》スターズ！を紹介《しょうかい》するよ★
略《りゃく》して「ななスタ」
この物語《ものがたり》は、立派《りっぱ》なモブキャラのわたしが、
水口落葉《みずぐちおちば》
このおはなしの主人公《しゅじんこう》。
ごくごくフツーの12歳《さい》。
特別《とくべつ》な才能《さいのう》を持《も》つ生徒《せいと》だけが入学《にゅうがく》できる
超《ちょう》エリート校《こう》天才学園《てんさいがくえん》になぜか合格《ごうかく》……！
合格
超個性的《ちょうこせいてき》な天才《てんさい》たちにかこまれながらも
無道吹雪《むどうふぶき》
キケンすぎる天才少年《てんさいしょうねん》。
元《もと》・超有名子役《ちょうゆうめいこやく》にして、
小学校入学《しょうがっこうにゅうがく》と
同時《どうじ》に海外《かいがい》で
博士号《はくしごう》を取得《しゅとく》した。
目立《めだ》たずに生活《せいかつ》してぶじに卒業《そつぎょう》することを目指《めざ》すおはなし。
月村花火《つきむらはなび》
成績優秀《せいせきゆうしゅう》な美少女《びしょうじょ》。
ふだんは
かっこいいのに、
暴走《ぼうそう》すると
とまらない!?
天川春人《あまかわはると》
さわやか王子様《おうじさま》の
ようなキラキラ男子《だんし》。
やさしいけれど……
じつは腹黒《はらぐろ》い一面《いちめん》も!?
……だったのですが！

なんだかとっても目《め》立《だ》ってしまっています!!!
しかも、
クリアしないと即《そく》退《たい》学《がく》の特《とく》別《べつ》授《じゅ》業《ぎょう》や…
クラス対抗
鬼ごっこ
魔《ま》の手《て》までせまってきて…?
ガタ
ガタ
大《たい》切《せつ》なお友《とも》だちができたんだけど…
告白
またまた波《は》乱《らん》の予《よ》感《かん》です!
七《なな》色《いろ》スターズ!③はじまるよ★

# もくじ

# 1 げげっ、フラグを立《た》てちゃった!?

「ほへー。平和《へいわ》。平和《へいわ》だなー」

わたし、**水口落葉《みずぐちおちば》**。

窓《まど》からポカポカと暖《あたた》かい光《ひかり》が降《ふ》り注《そそ》ぐ自分《じぶん》の席《せき》で、日向《ひなた》ぼっこをお楽《たの》しみ中《ちゅう》です！

わたしが今《いま》いるのはエリートたちが集《つど》う**天才学園《てんさいがくえん》**。

そしてわたしは日本《にほん》の将来《しょうらい》を担《にな》う若者《わかもの》たちを育成《いくせい》するために作《つく》られた学校《がっこう》に通《かよ》うことになった、12歳《さい》のモブ女子《じょし》です。

モブだって？　どうせオマエも天才様《てんさいさま》の仲間《なかま》なんだろうって思《おも》ったそこのあなた！

ふふふ。そうなんです！　実《じつ》はわたしも……と言《い》えればいいのですが……。(涙《なみだ》)

超一般人以下《ちょういっぱんじんいか》のわたしが、なぜか入学《にゅうがく》することになっちゃったんです。

モブキャラだから卒業《そつぎょう》をめざしつつも、目立《めだ》たずおとなしく学校生活《がっこうせいかつ》を送《おく》ろうと思《おも》っていたのに……。

この学校独自《がっこうどくじ》の『**特別授業**《とくべつじゅぎょう》』をクリアしないと、退学《たいがく》……しかも国外追放《こくがいついほう》されちゃうってことがわかりまして。（**ギャー！　だれかウソだと言《い》ってええええっ！**）

そんなわけで目立《めだ》たず騒《さわ》がず、静《しず》かに卒業《そつぎょう》することを目標《もくひょう》にがんばっている最中《さいちゅう》です。

でもわたし以外《いがい》の生徒《せいと》はというと、もっと意識《いしき》が高《たか》く**MVP**《エムブイピー》を目指《めざ》しているみたい。

『特別授業《とくべつじゅぎょう》』の優秀者《ゆうしゅうしゃ》がＭＶＰ《エムブイピー》となり、『**スター**』を授与《じゅよ》されるんだけど――。

**この『スター』を7つ集《あつ》められたら、どんな願《ねが》いでも1つだけかなえてもらえるんだ。**

「えーっと。落葉《おちば》ちゃん？　なに1人《ひとり》で百面相《ひゃくめんそう》してるのかな？」

クスクスと笑《わら》いながら声《こえ》をかけてきてくれたのは、同《おな》じクラスの**天川春人**《あまかわはると》君《くん》。

サラサラヘアのザ・王子様《おうじさま》!!

「**げげっ**。わたし、百面相《ひゃくめんそう》してた？」

「落葉《おちば》さんの百面相《ひゃくめんそう》は無防備《むぼうび》すぎて……。とっても、かわいかったわ！」

こぶしをにぎりしめて力説《りきせつ》するのは、**月村花火**《つきむらはなび》さん。

クールビューティーなせいか、いっけん近寄《ちかよ》りがたいのだけど、わたしたちお友達《ともだち》になったんだ。（えへへ。照《て》れちゃうね）

「花火《はなび》さんにかわいいって言《い》われるなんておそれおおいです」

野良猫《のらねこ》とかハムスターとかそういった小動物《しょうどうぶつ》のたぐいに言《い》うようなものだとしてもっ。人生《じんせい》で『かわいい』なんて力《ちから》いっぱい言《い》われる事《こと》なくスクスクと育《そだ》ってきたわたしとしては、大変《たいへん》はずかしい感《かん》じです。ハイ。

「謙遜《けんそん》するところもまた奥《おく》ゆかしいわっ！　さすが私《わたし》の落葉《おちば》さん――**いたっ。何《なに》するの!?**」

「アホ。いつ落葉《おちば》がおまえのもんになったんだよ。落葉《おちば》は最初《さいしょ》からオレのもんだ。な—。落葉《おちば》？」

花火《はなび》さんにそう言《い》ってから、わたしに意味《いみ》ありげな視線《しせん》を投《な》げかけるのは**無道吹雪君**《むどうふぶきくん》。

かつて大人気《だいにんき》ドラマに出《で》ていた超有名子役《ちょうゆうめいこやく》で、その後《ご》、海外《かいがい》で博士号《はくしごう》まで取得《しゅとく》した男《おとこ》の子《こ》。

目《め》つきが悪《わる》く、「話《はな》しかけるな」オーラをビシバシだしているので誰《だれ》も声《こえ》をかけないけれど、この学校《がっこう》の中《なか》で最《もっと》も目立《めだ》っている男子《だんし》の1人《ひとり》だ。

無道君《むどうくん》から意味深《いみしん》な視線《しせん》を向《む》けられるだけで、モブっ子《こ》としてはドギマギしちゃうんだよね。

「ええと。わたし、誰《だれ》のものにもなったことはないかな？」

「**はあ!?**　オレの昼飯《ひるめし》買《か》いに行《い》ったりしてるだろ」

「それはお昼《ひる》ご飯《はん》を持《も》っていない無道君《むどうくん》がかわいそうだから、友達《ともだち》としてひと肌《はだ》ぬごうって思《おも》って買《か》いに行《い》ってるだけだよ？」

無道君《むどうくん》が購買部《こうばいぶ》に行《い》こうものなら、女《おんな》の子《こ》たちにかこまれてお昼《ひる》ご飯《はん》をゲットする間《ま》もなく休《やす》み時間《じかん》が終《お》わっちゃいそうだし。

その点《てん》わたしは、クラスメイトに「いつからいたの⁉」とか言《い》われるような日々《ひび》だったので……。

気配《けはい》を消《け》して人波《ひとなみ》をすり抜《ぬ》けていくのとか得意《とくい》なんだよね。

「かわいそうなだけですって。ホーッホッホ。無様《ぶざま》ね！　無道吹雪《むどうふぶき》！」

「うわー。花火《はなび》さん、いじわるなお嬢様《じょうさま》みたいな見事《みごと》な高笑《たかわら》い」

高笑《たかわら》いすらサマになっちゃうんだもん。花火《はなび》さんって武士《ぶし》の末裔《まつえい》って言《い》ってはいるけれど、孤《こ》高のお嬢様《じょうさま》って感《かん》じだよなぁ。

1人《ひとり》でウンウンと納得《なっとく》しながらうなずいていると、無道君《むどうくん》と花火《はなび》さんの口《くち》げんかはさらにヒートアップしているみたい。

「勝《か》ち誇《ほこ》ったように笑《わら》っているとこ悪《わる》いけど、落葉《おちば》はおまえのもんでもねぇって宣言《せんげん》したようなもんだぜ」

「そっ、そんなの関係《かんけい》ないわ！　私《わたし》たちは強《つよ》い友情《ゆうじょう》の絆《きずな》で結《むす》ばれているんだから。そうよね⁉」

クワッと血走《ちばし》った目《め》をこちらにむけられ、わたしは反射的《はんしゃてき》にコクコクとうなずいた。

「うわっ。今《いま》の脅迫《きょうはく》だと思《おも》うけど？」

「春人《はると》もうるさいわね。何人《なんぴと》たりとも私《わたし》たちの仲《なか》をジャマはさせないわ！」

「花火《はなび》さん。落《お》ち着《つ》いて。そんなに怒《おこ》るとクラスの子《こ》たちがビックリしちゃうよ」

「はっ。私《わたし》としたことが落葉《おちば》さんを想《おも》うあまり暴走《ぼうそう》してしまったわ。武士《ぶし》の末裔《まつえい》として恥《は》ずかしい。……ここは腹《はら》を切《き》ってお詫《わ》びを――」

**いやああっ、ここで切腹《せっぷく》をしようとしないでええええっ！**

わたしは眉《まゆ》をこれ以上《いじょう》ないほど下《さ》げながら、「落《お》ち着《つ》いてええっ！」と花火《はなび》さんにぼふっと抱《だ》き着《つ》く。

**「落葉《おちば》さん……。そんなに私《わたし》のことを……うれし――いいっ!?」**

「いつまでくっついてるんだ。アホ」

無道君《むどうくん》にぺりっと引《ひ》き離《はな》されたはずみで、体勢《たいせい》がくずれて思《おも》わずよろけてしまう。

うわっ、倒《たお》れる。

そう思《おも》って目《め》を閉《と》じた瞬間《しゅんかん》――。

「大丈夫《だいじょうぶ》？」

天川君《あまかわくん》が王子様《おうじさま》のようにわたしの身体《からだ》を支《ささ》えてくれた。

「ありがとう。天川君《あまかわくん》って本当《ほんとう》、王子様《おうじさま》みたいだよね」

「落葉《おちば》ちゃんにそう言《い》われるとうれしいな」

まぶしい！　天川君《あまかわくん》は100点満点《てんまんてん》のスマイルを浮《う》かべながらそう言《い》った。

「落葉《おちば》、だまされるな。コイツは腹黒《はらぐろ》だぞ」

「腹黒《はらぐろ》なんて失礼《しつれい》だなー。落葉《おちば》ちゃんに対《たい》しては紳士的《しんしてき》にしてるけど？　ね？　落葉《おちば》ちゃん」

ん？　否定《ひてい》はしないの？

ニコニコと笑《わら》う天川君《あまかわくん》の本音《ほんね》が見《み》えず、マジマジと顔《かお》を見《み》つめると、ギュッと手《て》をにぎられた。

「えーと天川君《あまかわくん》？　この手《て》は何《なに》かな？」

「え？　握手《あくしゅ》？」

なぜ握手《あくしゅ》をするのか不明《ふめい》だが、天川君《あまかわくん》がそうと言《い》ったらそういうものなのか。

キラキラ王子様《おうじさま》パワーに圧倒《あっとう》され、わたしはブンブンと握手《あくしゅ》をする。

握手《あくしゅ》をしながら笑顔《えがお》を向《む》けられて、わたしもヘラリと笑《わら》い返《かえ》した。

「こうやって手《て》をつないでいると、楽《たの》しくない？」

完璧《かんぺき》なスマイルを浮《う》かべた天川君《あまかわくん》にそうたずねられると、そんな気《き》がしてきちゃうから怖《こわ》い。

「天川君《あまかわくん》の笑顔《えがお》を見《み》てたらちょっと楽《たの》しくなってきたかも。あーあ。このまま恐怖《きょうふ》の『特別授《とくべつじゅ》業《ぎょう》』もなくなってくれれば、心《こころ》の底《そこ》から楽《たの》しめるんだけどなぁ」

「うわっ。落葉《おちば》ちゃん、それフラグ立《た》てちゃってる」

**フラグ!?**

天川君《あまかわくん》の言葉《ことば》にわたしはギョッとして目《め》をキョロキョロと左右《さゆう》に動《うご》かす。

「フラグなんか立《た》ててない！　ただの世間話《せけんばなし》だから」

「たしかに。平和《へいわ》な日常《にちじょう》から事件《じけん》ははじまってしまうものね」

**ひいっ。花火《はなび》さんまで同調《どうちょう》するのはやめてー！（涙《なみだ》）**

神様《かみさま》お願《ねが》いしますっ。このおだやかな日々《ひび》が明日《あした》も続《つづ》きますように――。

わたしは空《そら》の方《ほう》を見《み》つめながら両手《りょうて》を組《く》み、全力《ぜんりょく》で祈《いの》りをささげたのでした。

# 2 久《ひさ》しぶりの特別授業《とくべつじゅぎょう》!!

「あー……。暑《あつ》い。急《きゅう》に体育館《たいいくかん》に集《あつ》められるなんて地獄《じごく》でしょ」

パタパタと手《て》で自分《じぶん》をあおぎつつ、文句《もんく》を言《い》う女子《じょし》の言葉《ことば》にうなずく。

心臓《しんぞう》はイヤな予感《よかん》でドキドキする。

まさか……特別授業《とくべつじゅぎょう》の発表《はっぴょう》だったりして。

天川君《あまかわくん》が言《い》ってた『フラグを立《た》てる』って言葉《ことば》を思《おも》い出《だ》し、ブンブンと大《おお》きく首《くび》を左右《さゆう》にふった。

「落葉《おちば》。何《なに》してるんだ？」

「**ちょっとイヤな予感《よかん》を取《と》りはらおうとしていただけなのでご心配《しんぱい》なく！**」

「お……おう」

無道君《むどうくん》はちょっと引《ひ》きつりながら、そううなずく。

「それでは、本日《ほんじつ》の朝礼《ちょうれい》をはじめます。まずは――この方《かた》から」

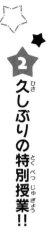

体育館《たいいくかん》に設置《せっち》されたモニタが光《ひか》り、人影《ひとかげ》がみえる。

画面《がめん》の中《なか》にあらわれたのが、校長先生《こうちょうせんせい》ではなくキツネの仮面《かめん》の女性《じょせい》だとわかると、体育館《たいいくかん》に集《あつ》められた生徒《せいと》たちがザワザワと声《こえ》を上《あ》げだした。

でもそれは仕方《しかた》ないと思《おも》う！

だって、これまでの特別授業《とくべつじゅぎょう》はすべてキツネの仮面《かめん》の人物《じんぶつ》からミッションが出《だ》されていたのだから。

「落葉《おちば》ちゃん。フラグ回収早《かいしゅうはや》かったね。もしかして特別授業《とくべつじゅぎょう》があることを知《し》っていたとか？」

**ひーっ。天川君《あまかわくん》！　何《なに》を言《い》っちゃってるんですか！**

わたしは青《あお》ざめながら、「そそそそそ、そんなことあるはずないです！」と力《ちから》いっぱい否定《ひてい》する。

「あはは。冗談《じょうだん》なのに。本気《ほんき》で否定《ひてい》する姿《すがた》もかわいいなぁ」

天川君《あまかわくん》、心臓《しんぞう》に悪《わる》いからそういうからかいはやめて欲《ほ》しいです！（涙《なみだ》）

『——**静粛《せいしゅく》に**』

ボイスチェンジャーで変《か》えられているけれど、その声《こえ》はよく通《とお》る声《こえ》だ。

人《ひと》に命令《めいれい》することに慣《な》れているのか、カリスマ性《せい》があるからなのか。

その場《ば》に集《あつ》められた生徒《せいと》たちは、すっとその声《こえ》に吸《す》い込《こ》まれるように画面《がめん》を見《み》つめた。

『察《さっ》しが良《い》いのは良《よ》いことだ。**みなが思《おも》っている通《とお》り「特別授業《とくべつじゅぎょう》」をおこなう**』

やっぱり！　さよなら、ぬくぬくの学校生活《がっこうせいかつ》！

わたしはくっと涙《なみだ》を呑《の》むと、天《てん》をあおぐ。

『**今回《こんかい》の特別授業《とくべつじゅぎょう》では、ここにいる中《なか》から「運命《うんめい》の相手《あいて》」を探《さが》してもらう**』

う……運命《うんめい》の相手《あいて》ええええっ⁉

運命《うんめい》の相手《あいて》ってことは……結婚相手《けっこんあいて》とかってこと⁉

だって絵本《えほん》とかでも運命《うんめい》の相手《あいて》とめぐりあってチュッとした後《あと》、結婚《けっこん》してめでたしめでたしってパターンが王道《おうどう》だよね⁉

一瞬《いっしゅん》、わたし1人《ひとり》の勝手《かって》な妄想《もうそう》なのかと思《おも》ったのだけど、同《おな》じように感《かん》じたのは、どうやらわたしだけではないようで——。

クラスメイトたちがドギマギし、なんとなく体育館中《たいいくかんじゅう》がピンク色《いろ》のオーラに包《つつ》まれたような感《かん》じがするのは、気《き》のせいじゃないはずです。

でも、待《ま》って待《ま》って待《ま》って！

絵本《えほん》では運命《うんめい》の相手《あいて》が現《あらわ》れて結《むす》ばれる話《はなし》をたくさん読《よ》んできたけれど、わたし自身《じしん》はただの一《いっ》

般庶民《ぱんしょみん》だよ⁉

自分《じぶん》に『運命《うんめい》の相手《あいて》』がいるんじゃないかなんて考《かんが》えたこともないよ！

「──今《いま》までの特別授業《とくべつじゅぎょう》だって、運《うん》が良《よ》くてたまたまクリアできただけなのに、運命《うんめい》のお相手《あいて》を探《さが》すなんて……今回《こんかい》こそ絶対《ぜったい》に無理《むり》なのでは」

……ということは、わたし、退学決定《たいがくけってい》⁉　国外追放《こくがいついほう》されちゃう！

「いやっ。それは！　**それだけはカンベンしてくださいいいいいっ！**」

「どうした落葉《おちば》。ちょっと落《お》ち着《つ》けよ」

取《と》り乱《みだ》すわたしをたしなめる無道君《むどうくん》の言葉《ことば》を聞《き》き、自分《じぶん》を落《お》ち着《つ》かせるべく、スーハースーハーと深呼吸《しんこきゅう》をくり返《かえ》した。

「無道君《むどうくん》はどうして落《お》ち着《つ》いていられるの？　まだ恋《こい》だってしたことがないのに、イキナリ運命《うんめい》の相手《あいて》を探《さが》せなんて無理《むり》すぎるよ！」

**「落葉《おちば》さんっ。初恋《はつこい》がまだなの⁉」**

「う……うん。花火《はなび》さんはどうして嬉《うれ》しそうなの？」

「だって落葉《おちば》さんが初《はじ》めて恋《こい》に落《お》ちる瞬間《しゅんかん》をこれから見《み》られるかもしれないなんて嬉《うれ》しいもの」

そんなものが見《み》たいもんなのだろうか。

「さっきの言《い》い方だと花火《はなび》さんはもう初恋《はつこい》がすんでるって――」

**「私《わたし》の初恋《はつこい》？　伊達政宗公《だてまさむねこう》だけど？」**

さすが武士《ぶし》の末裔《まつえい》！　ブレない！

「誕生日《たんじょうび》には毎年《まいとし》お墓《はか》に花《はな》を供《そな》えてるのよ」

オウッ。現在進行形《げんざいしんこうけい》のラブですか！

「ねえ、今度《こんど》一緒《いっしょ》に行《い》かない？　仙台《せんだい》には美味《おい》しいものもたくさんあるのよ」

「行《い》く行《い》く！　わたしも有名《ゆうめい》な武将《ぶしょう》のお城《しろ》にも行《い》ってみたいし、美味《おい》しいものも食《た》べたい！」

キャッキャと盛《も》り上《あ》がっていると――、

『**静《しず》まれ。まだ話《はなし》は終《お》わっておらぬぞ**』

静《しず》かだが迫力《はくりょく》のある声《こえ》に、わたしだけでなく他《ほか》の生徒《せいと》たちもあわてて口《くち》をつぐんだ。

『安心《あんしん》せよ。たった一度《ど》の授業《じゅぎょう》で運命《うんめい》の相手《あいて》を見《み》つけろなどと厳《きび》しいことを言《い》うつもりはない』

ホッ。ちょっとだけ寿命《じゅみょう》が延《の》びたような気《き》がして息《いき》をはく。

『これを見《み》よ』

キツネの仮面《かめん》の人物《じんぶつ》が指《ゆび》をならすと、モニターには別画面《べつがめん》も映《うつ》し出《だ》され何《なに》か書《か》かれている資料《しりょう》が開《ひら》かれた。

**『今回《こんかい》の特別授業《とくべつじゅぎょう》はここに書《か》かれている通《とお》りじゃ。まずはペアを探《さが》すためのペア授業《じゅぎょう》が2回《かい》。そのあとに最終的《さいしゅうてき》な運命《うんめい》の相手《あいて》を決《き》め、全員《ぜんいん》の前《まえ》で告白《こくはく》してもらう』**

**ぜ……全員《ぜんいん》の前《まえ》で告白《こくはく》ですとおおおおおおおおおおおおおっ!?**

告白《こくはく》が成功《せいこう》したら良《い》いけど、しなかったら生《い》き恥《はじ》までさらすってことでしょうか!

そんなのひどすぎるよー!（涙《なみだ》）

『MVP《エムブイピー》のものにはスターを与《あた》え、願《ねが》いを1つかなえてやる』

スターという単語《たんご》にまわりの空気《くうき》がピリッとする。生徒《せいと》たちの目《め》にやる気《き》の火《ひ》がともったように見《み》えた。

『告白《こくはく》を成功《せいこう》させ、2回《かい》のペア授業《じゅぎょう》の成績《せいせき》でトップを目指《めざ》せ』

なるほど。MVP《エムブイピー》は総合得点《そうごうとくてん》で決《き》まるってことか!

**『ペア授業《じゅぎょう》で失敗《しっぱい》したもの、告白《こくはく》できなかったもの、告白《こくはく》が失敗《しっぱい》し、ペアになれなかったものたちは全《すべ》て退学《たいがく》とする』**

ううう。そしたら1回目《かいめ》と2回目《かいめ》の授業《じゅぎょう》で運命《うんめい》の相手《あいて》を見極《みきわ》めろってことだよね!?

とんでもない特別授業《とくべつじゅぎょう》の内容《ないよう》に、わたしはおののきガックリとうなだれる。

『我《われ》は今《いま》までの2人《ふたり》よりも優《やさ》しいからな。**1回目《かいめ》のペアはAI《エーアイ》で判断《はんだん》した最《もっと》も相性《あいしょう》の良《よ》い人物《じんぶつ》と組《く》んでもらう』**

「え……えーあい?」

「AI《エーアイ》。かんたんに言《い》うと人工知能《じんこうちのう》だ」

じ……人工知能《じんこうちのう》!?

「人工知能《じんこうちのう》に運命《うんめい》の相手《あいて》を決《き》めてもらうの? それって何《なん》かあやしくない?」

「そうか? 人工知能《じんこうちのう》の方《ほう》が、情報《じょうほう》のみで一番相性《いちばんあいしょう》の良《い》い相手《あいて》を探《さが》す分《ぶん》、シンプルで良《い》いと思《おも》うけどな」

「たしかに女《おんな》の子《こ》はワガママだからねぇ。『もっとイケメンが』とか『運動神経抜群《うんどうしんけいばつぐん》じゃないとイヤ』とか条件《じょうけん》が出《で》てきちゃうだろうからなぁ」

「あら。それは男子《だんし》だってそうじゃない？『おしとやかな子《こ》がいい』とか色々《いろいろ》細《こま》かい注文《ちゅうもん》があるでしょう!?」

**バチバチバチ**と天川君《あまかわくん》と花火《はなび》さんの視線《しせん》が火花《ひばな》を散《ち》らしている。

「なるほど。今《いま》みたいなケンカにならないように、人工知能《じんこうちのう》さんが選《えら》んでくれた相手《あいて》とペア授業《じゅぎょう》をやれってことなんだね」

もしも本当《ほんとう》にわたしに『運命《うんめい》の相手《あいて》』がいるんだとしたら……。

**その人《ひと》はどんな人《ひと》なんだろう。――ううん、どんな風《ふう》に出会《であ》っちゃうんだろう。**

遅刻《ちこく》してパンをくわえながら走《はし》っている時《とき》にぶつかった人《ひと》とか、電車《でんしゃ》で具合《ぐあい》が悪《わる》くなった時《とき》にそっと助《たす》けてくれた人《ひと》とか？

自分《じぶん》には関係《かんけい》ないことだと言《い》い聞《き》かせつつも、想像《そうぞう》しただけでときめいてしまうのは、乙女《おとめ》として仕方《しかた》がないことだよね!?

退学《たいがく》がかかっている特別授業《とくべつじゅぎょう》なのに、ちょっとだけ楽《たの》しみな気《き》もする自分《じぶん》がはずかしい！

『今《いま》からスマホにペアになる相手《あいて》のデータを送《おく》る。朝礼《ちょうれい》が終《お》わったら必《かなら》ずその相手《あいて》と接触《せっしょく》しコミュニケーションを取《と》っておくこと。最初《さいしょ》のペア授業《じゅぎょう》は**ハイキング**とする。以上《いじょう》』

1回目《かいめ》のペアでおこなう授業《じゅぎょう》はハイキング？

ふつうなら楽《たの》しそうだけど、『特別授業《とくべつじゅぎょう》』なわけだから、きっと何《なに》かがあるよね!?

「落葉《おちば》。おまえ相手《あいて》は誰《だれ》だって？」

相手《あいて》？

そうだ。今《いま》、スマホにAI《エーアイ》が選《えら》んだ1回目《かいめ》のペアのデータが送《おく》られてくるって言《い》ってたものね！

スマホに表示《ひょうじ》されたお相手《あいて》は――。

**「げえええええええええええっ」**

思《おも》わず叫《さけ》んでしまい、わたしはあわてて口《くち》をふさいだ。

わたしのスマホに映《うつ》し出《だ》された人物《じんぶつ》は1年《ねん》A組《ぐみ》、**貴船信長《きふねのぶなが》**君《くん》。

**なぜかわたしをメチャクチャ敵視《てきし》しているエリート男子《だんし》ではありませんかあああっ！**

彼《かれ》のスマホにも今《いま》、わたしの写真《しゃしん》とプロフィールが送《おく》られてしまっているのだろうか。

考《かんが》えただけでゾッとし、スライムのようにへにゃりと溶《と》けるのでありました。

## 3 ペアは危険《きけん》人物《じんぶつ》です！

「水口落葉《みずぐちおちば》っ！　なんでオマエが相手《あいて》なんだああああ！」

ダダダダッ。

けたたましい足音《あしおと》と共《とも》に、鬼《おに》のような顔《かお》をした貴船君《きふねくん》がこちらに向《む》かってやってくるっ！

**ひいいっ。**わたしの想像《そうぞう》より100倍《ばい》くらい怖《こわ》い顔《かお》をしていらっしゃる！　怖《こわ》いよー！（涙《なみだ》）

「お気持《きも》ちは十分《じゅうぶん》すぎるほどわかります。でもわたしが決《き》めたわけじゃないし……」

「なんだと？」

ギロリとにらまれると、ギュッと心臓《しんぞう》が痛《いた》くなる。

「わたしじゃなくてＡＩ《エーアイ》が決《き》めたわけなので、文句《もんく》はそちらにお願《ねが》いしたいです。わたしとしては、貴船君《きふねくん》の足《あし》を引《ひ》っ張《ぱ》らないよう精一杯頑張《せいいっぱいがんば》る所存《しょぞん》なので、何卒《なにとぞ》ご容赦《ようしゃ》を！」

そう言《い》って頭《あたま》を下《さ》げると、貴船君《きふねくん》は少《すこ》し冷静《れいせい》さを取《と》り戻《もど》す。

「なるほど。では今《いま》から俺《おれ》に絶対服従《ぜったいふくじゅう》だ。わかるな？」

**「へへー！　なんでもするのでお許《ゆる》しをおおおっ！」**

剣幕《けんまく》におされ、思《おも》わずひざをついて土下座《どげざ》してしまった。

そんなわたしを眉《まゆ》ひとつ動《うご》かさず見《み》ていた貴船君《きふねくん》は、ゆっくりと口《くち》を開《ひら》いた。

「**いい覚悟《かくご》だ。では、最初《さいしょ》の命令《めいれい》だ**」

「はいっ！」

わたしは貴船君《きふねくん》の方《ほう》を向《む》くと、忠犬《ちゅうけん》ハチ公《こう》のような目《め》でお言葉《ことば》が下《くだ》されるのを待《ま》った。

「**水口落葉《みずぐちおちば》。今《いま》すぐ退学届《たいがくとどけ》を書《か》いて、学校《がっこう》に提出《ていしゅつ》しろ**」

「――へ？」

貴船君《きふねくん》の口《くち》から出《で》た言葉《ことば》の意味《いみ》が理解《りかい》できず、わたしはポカンと口《くち》を開《あ》ける。

「そうすれば貴様《きさま》のようなお荷物《にもつ》以外《いがい》とペアが組《く》めるだろ」

なるほど！　貴船君《きふねくん》、あったまいい！

思《おも》わず納得《なっとく》してポンと手《て》をたたきそうになるが、わたしはブルブルと横《よこ》に首《くび》をふった。

「それは……申《もう》し訳《わけ》ないんですが、できません！」

わたしは貴船君《きふねくん》に向《む》かってガバッと頭《あたま》を下《さ》げた。

超《ちょう》エリートであるA組《ぐみ》の貴船君《きふねくん》がポンコツのわたしをペアにしたくない事《こと》はわかる。

だけど、わたしだってそう簡単《かんたん》に退学《たいがく》するわけにはいかない。

なぜならば、学校《がっこう》からもらっているお金《かね》を、うちの両親《りょうしん》がぜーんぶ使《つか》ってしまったから！

「絶対服従《ぜったいふくじゅう》するって言《い》っただろう。あれはウソだったのか？」

「ウソつくつもりなんかありませんでした！　でも、まさか退学届《たいがくとどけ》を出《だ》せなんて言《い》われるとは思《おも》っていなかったから……」

「退学届《たいがくとどけ》？　**ちょっとおおおおっ！　落葉《おちば》さんになんて口《くち》を利《き》くのよ。成敗《せいばい》するわよ！**」

怒鳴《どな》られていたわたしに気《き》づいた花火《はなび》さんが、目《め》をつり上《あ》げながらこちらに向《む》かって走《はし》ってくる。

「私《わたし》の友達《ともだち》を困《こま》らせるヤツは許《ゆる》さないわ」

花火《はなび》さんはわたしをかばうように前《まえ》に立《た》つと、すっと木刀《ぼくとう》をかまえる。

そして貴船君《きふねくん》に向《む》かい強《つよ》い口調《くちょう》で告《つ》げた。

その姿《すがた》はカッコいい剣士《けんし》のようで、ほれぼれしてしまう。

「――出《で》たな。脱落組《だつらくぐみ》」

「脱落組《だつらくぐみ》？　心外《しんがい》だな。俺《おれ》も花火《はなび》もA組《ぐみ》より落葉《おちば》ちゃんに魅力《みりょく》を感《かん》じたから、MVP《エムブイピー》の権利《けんり》を使《つか》ってクラスをかえただけだけど？　**あ。まだMVP《エムブイピー》を取《と》ったことないし、これから取《と》ることもないだろう貴船《きふね》にはわからないか。ごめんごめん**」

うっっっわ。

天川君《あまかわくん》がいつも通《どお》りのキラキラスマイルを浮《う》かべながら、物凄《ものすご》い毒《どく》を吐《は》いたように聞《き》こえたのは気《き》のせい⁉

ぐっ、と貴船君《きふねくん》がくやしそうに天川君《あまかわくん》をにらみつける。

「オマエこそ落葉《おちば》ちゃんにお礼《れい》を言《い》わないとだよ？　もし落葉《おちば》ちゃんがいなくなったら、誰《だれ》も猛犬《もうけん》と組《く》もうなんて考《かんが》えるヤツはいないんだから」

「——なんだと」

「それに落葉《おちば》がいなくなったら、一番困《いちばんこま》るのは貴船《きふね》、おまえだぞ」

「無道《むどう》！　オマエまで何《なに》しに来《き》た」

「気《き》づいていないようだから忠告《ちゅうこく》しに来《き》てやったんだよ」

無道君《むどうくん》はそういうと凶悪《きょうあく》な笑《え》みを浮《う》かべる。

**「すでにAI《エーアイ》による1回目《かいめ》のペア決《ぎ》めは終《お》わっている。今《いま》、落葉《おちば》がいなくなったら貴船《きふね》、おまえのペアは誰《だれ》もいなくなる。おまえも退学《たいがく》になる可能性《かのうせい》があるぞ」**

「！」

ゆっくりとした口調《くちょう》で無道君《むどうくん》が放《はな》った言葉《ことば》を聞《き》き、貴船君《きふねくん》は驚《おどろ》いたように目《め》を見開《みひら》く。

「たしかに。すでに1回目《かいめ》の授業《じゅぎょう》の『ペア』として認定《にんてい》されているわけだもんね」

「——ぐっ」

ポンと手《て》を打《う》つ天川君《あまかわくん》の横《よこ》で貴船君《きふねくん》は苦《くる》しそうにうめいた。

「ペアでいて欲《ほ》しければ、今《いま》すぐ落葉《おちば》さんにあやまりなさい。許《ゆる》すか許《ゆる》さないかは落葉《おちば》さん次第《しだい》だけど」

**「土下座《どげざ》とかしてもらっちゃう？」**

ギャー！　天川君《あまかわくん》っ、笑顔《えがお》でおっかないこと言《い》わないでーっ！

天川君《あまかわくん》の言葉《ことば》を真《ま》に受《う》けてか、貴船君《きふねくん》はブルブルと震《ふる》え苦《くる》しそうな表情《ひょうじょう》を浮《う》かべながら片膝《かたひざ》を折《お》る。

「ちょ！　ちょっと待《ま》って！　貴船君《きふねくん》、土下座《どげざ》とか絶対《ぜったい》にしないで！　そんなことしたら、逆《ぎゃく》に困《こま》るから」

「――なぜだ？」

**「だってこれから組《く》むペアとケンカしたくないもん」**

「でも落葉《おちば》さん、相手《あいて》は猛犬《もうけん》よ？」

「猛犬《もうけん》は心《こころ》の底《そこ》からイヤだけど……。**わたしが飼《か》い主《ぬし》に決《き》まったのなら責任《せきにん》もって面倒《めんどう》みるよ！**」

**バーン**と自分《じぶん》の胸《むね》をたたいて宣言《せんげん》すると、

「「「ぶっ！」」」

と、花火《はなび》さん、無道君《むどうくん》、天川君《あまかわくん》がふきだして笑《わら》う。

「え？　え？　何《なに》か変《へん》なこと言《い》った？」

「今《いま》さらっと盛大《せいだい》に毒《どく》を吐《は》いたよね」

天川君《あまかわくん》の言葉《ことば》に、わたしはブンブンと首《くび》を横《よこ》にふる。

「ど……毒《どく》!! めっそうもない！ わたし、真実《しんじつ》しか言《い》えないもん！」

あわてながらそう続《つづ》けると、貴船君《きふねくん》の口《くち》はさらにへの字《じ》になり、他《ほか》の3人《にん》はヒイヒイと声《こえ》をあげて笑《わら》うのでした。

「花火《はなび》。心配《しんぱい》だろうけど、落葉《おちば》ちゃんなら貴船《きふね》と組《く》んでも大丈夫《だいじょうぶ》じゃない？」

花火《はなび》さんは「そうね……」と呟《つぶや》く。

「落葉《おちば》さんっ。これだけは覚《おぼ》えておいて。落葉《おちば》さんには私《わたし》がいる！ それに私以外《わたしいがい》にも吹雪《ふぶき》や春人《はると》も味方《みかた》よ。だから何《なに》かあったら安心《あんしん》して2人《ふたり》をこき使《つか》ってやって！」

**「こき使《つか》ってやってってなんだよ！」**

花火《はなび》さんの力説《りきせつ》に、無道君《むどうくん》と天川君《あまかわくん》が同時《どうじ》にツッコミを入《い》れる。

そのやり取《と》りをみていると、不安《ふあん》な気持《きも》ちがやわらいでいく。

「花火《はなび》さん。それから無道君《むどうくん》、天川君《あまかわくん》、ありがとう」

そうだよね。わたしには、花火《はなび》さんと無道君《むどうくん》と天川君《あまかわくん》がいてくれる！

1回目《かいめ》のペア授業《じゅぎょう》は、貴船信長君《きふねのぶながくん》とハイキング。

とにかく足《あし》を引《ひ》っ張《ぱ》らないようにしなくっちゃ！

わたしはギュッとこぶしをにぎりしめながら、自分《じぶん》をふるい立《た》たせるのだった。

# 4 ペア授業《じゅぎょう》1回目《かいめ》！

**ガタガタガタ。**

特別授業《とくべつじゅぎょう》の告知《こくち》があった次《つぎ》の日《ひ》。

ペア授業《じゅぎょう》のハイキングをする場所《ばしょ》に向《む》かうため、学校《がっこう》がチャーターした大型《おおがた》バスに乗《の》り込《こ》んだわたしたち。

しばらくバスは走《はし》り、都会《とかい》の景色《けしき》はいつのまにか緑《みどり》が多《おお》いのどかな風景《ふうけい》に変《か》わる。

**「あー、くそ。あとどんだけバスに乗《の》せられるんだよ」**

ひっ。こ……こわいよー！

1回目《かいめ》のペア授業《じゅぎょう》はハイキング。

わたしたちは、大型《おおがた》バスに乗《の》せられ、学校所有《がっこうしょゆう》の山《やま》へ向《む》かっている最中《さいちゅう》です。

山《やま》を持《も》ってるって！　スケールが違《ちが》いすぎるよね！

「貴船君《きふねくん》、お菓子《かし》食《た》べる？　いろいろ持《も》ってきたから、良《よ》かったらどうぞ」

わたしはポテトチップスやポップコーン、あげせんべいやチョコレート、いろいろなお菓子《かし》を持《も》ってきたんだから。

「お菓子《かし》なんか食《く》える気分《きぶん》じゃないんだよ」

「そう言《い》わず。甘《あま》いのもしょっぱいのもあるから」

お菓子《かし》の入《はい》った袋《ふくろ》を貴船君《きふねくん》の方《ほう》に差《さ》し出《だ》してみたが彼《かれ》は興味《きょうみ》がなさそうに、

「お菓子《かし》なんか食《く》う気分《きぶん》じゃない。どうしてもというならアレだ。梅味《うめあじ》のアメくらいだな」

**「梅味《うめあじ》ね！　はい、どうぞ！」**

わたしはゴソゴソと袋《ふくろ》の中《なか》から梅味《うめあじ》のアメを見《み》つけると、貴船君《きふねくん》に手渡《てわた》した。

手渡《てわた》された貴船君《きふねくん》の方《ほう》はあっけにとられたような表情《ひょうじょう》で固《かた》まっている。

「落葉《おちば》。オレはソーダ味《あじ》」

座席《ざせき》の後《うし》ろから無道君《むどうくん》がそう告《つ》げると、

「ちょっと甘《あま》めのコーヒー味《あじ》をお願《ねが》いしたいな」

「落葉《おちば》さん、私《わたし》はレモンがいいわ」

と、同《おな》じくわたしの後《うし》ろの席《せき》に座《すわ》っていた天川君《あまかわくん》と花火《はなび》さんがそれに続《つづ》いた。

「はーい。ちょっと待《ま》っててね」

わたしは袋《ふくろ》の中《なか》からリクエストの味《あじ》を取《と》り出《だ》すと、3人《にん》に手渡《てわた》した。

**「はあああっ、全部《ぜんぶ》あるのかよ！　そもそも何《なん》種類《しゅるい》もってきてるんだ」**

「のどアメも数《かず》に入《はい》るなら、10種類以上《しゅるいいじょう》はあるかなぁ？」

その回答《かいとう》を聞《き》いた貴船君《きふねくん》は、ひくりと頬《ほお》の片側《かたがわ》を引《ひ》きつらせている。

「――なるほど。だからそんなに荷物《にもつ》が多《おお》いのか」

納得《なっとく》したようにうなずく無道君《むどうくん》の横《よこ》で、

「落葉《おちば》さんのおかげでハイキングが楽《たの》しくなりそうね♪」

と花火《はなび》さんが笑《わら》う。すると――、

**「なるか！　こんな荷物《にもつ》を背負《せお》って勝《か》てるわけ**

ないだろ！」

貴船君《きふねくん》の怒号《どごう》にわたしはあわてて耳《みみ》をふさぐ。

「落葉《おちば》ちゃん、1回目《かいめ》のペアがこーんな万年不機嫌《まんねんふきげん》なヤツで大丈夫《だいじょうぶ》？」

「ずっと不機嫌《ふきげん》でいられるのは困《こま》ります……ひっ」

ギロリとにらまれ、わたしはあわててもう1つ梅味《うめあじ》のアメを手渡《てわた》す。

「食《た》べ物《もの》で俺《おれ》を買収《ばいしゅう》できると思《おも》うなよ」

「いやいや。しっかり食《た》べてるじゃん」

貴船君《きふねくん》はぶすっとしたまま、アメをかみ砕《くだ》く。

「わーっ。本当《ほんとう》に空気《くうき》が悪《わる》い」

「そう思《おも》ったら、他《ほか》の席《せき》に移《うつ》ればいいだろ」

「なんですって」

「花火《はなび》さん、無道君《むどうくん》、天川君《あまかわくん》、ありがとう。でも、貴船君《きふねくん》がプリプリするのもちょっとわかるから。わたし、大丈夫《だいじょうぶ》だよ」

「まさか落葉《おちば》さん、自分《じぶん》なんかと組《く》むハメになって貴船《きふね》がかわいそうとか思《おも》ってるの⁉」

「もちろんそれはそうだけど、それよりも貴船君《きふねくん》には好《す》きな子《こ》がいるでしょ？」

「――――」

「AI《エーアイ》が選《えら》んだのがわたしだったからガッカリしちゃったわけでしょ。そうだ！　出発地《しゅっぱつち》についたらペアが変《か》えられないか聞《き》いてこようか？」

「ええっ。落葉《おちば》ちゃんはそれをだれに聞《き》くつもりなの？」

「それはB組《ぐみ》の――も……**ふんがあああああああああっ**」

ものすごい力《ちから》で口《くち》をふさがれ、わたしはおもわず声《こえ》をあげる。

「**水口落葉《みずぐちおちば》、命令《めいれい》だ。今《いま》から到着《とうちゃく》するまで一言《ひとこと》も口《くち》を利《き》くな**」

「命令《めいれい》なんか聞《き》くことないわ」

わたしは貴船君《きふねくん》と花火《はなび》さんの顔《かお》を交互《こうご》に見《み》てから、

「じゃあメッセージを送《おく》ってみればいいのかな。あ、でも個別《こべつ》のアドレスは知《し》らないかも」

「え？　だれだれ？　教《おし》えてくれたらわかるかも」

興味津々《きょうみしんしん》というように天川君《あまかわくん》が目《め》を輝《かがや》かせながら聞《き》いてくる。

「えーっと名前《なまえ》は……」

「**頼《たの》むから！　これ以上《いじょう》しゃべらないでくれえええええっ**」

貴船君《きふねくん》から発《はっ》せられたとは思《おも》えないほど情《なさ》けない声《こえ》が上《あ》がったのでした。

# 5 相性《あいしょう》サイアク!! ペア授業《じゅぎょう》スタート

スーハー、スーハー。

ううっ、山《やま》の空気《くうき》がおいしいよー！(涙《なみだ》)

なんでこんなに感動《かんどう》しているのかと言《い》うと、あれからずっと貴船君《きふねくん》ににらまれたままでさ。

結局《けっきょく》、一言《ひとこと》も言葉《ことば》を発《はっ》せないまま目的地《もくてきち》に到着《とうちゃく》したんだ。

だから、バスから降《お》りて吸《す》う空気《くうき》のおいしいことよ！

なんて大自然《だいしぜん》を満喫《まんきつ》していると、うしろから殺気《さっき》がするではないですかっ。

大《おお》きく深呼吸《しんこきゅう》をしてから、おそるおそるふり返《かえ》ると……。

**「うぎゃっ！　出《で》たあああっ！」**

「何《なに》が『**うぎゃっ！**』だ。人《ひと》をお化《ば》けみたいに言《い》うな」

貴船君《きふねくん》にギロリとにらまれ、「すみません！」と何度《なんど》も高速《こうそく》で頭《あたま》を下《さ》げた。

「――**今《いま》すぐに出発《しゅっぱつ》するぞ**」

**えええっ!? 今《いま》すぐ!?**

「これからルールとか説明《せつめい》されるんじゃないの？」

「だいたいは予想《よそう》がつく。早《はや》くゴールに到着《とうちゃく》したペアが高得点《こうとくてん》に決《き》まってるだろ」

ペアハイキングだから、それはあるかも知《し》れない。

でもわたしとしてはMVP《エムブイピー》を取《と》るとか大《だい》それたことは考《かんが》えず、楽《たの》しく安全《あんぜん》にミッションを終《お》わらせられればいいんだよね。

せっかくペアになったんだから、もっと色々《いろいろ》お互《たが》いのことを話《はな》して知《し》りたいし、知《し》ってもらいたい。

「だけど……それ以外《いがい》にもあったら、大変《たいへん》だよ？」

「それ以外《いがい》？」

わたしがオズオズと切《き》り出《だ》すと、貴船君《きふねくん》の眼光《がんこう》が鋭《するど》く光《ひか》る。

「途中《とちゅう》にあるものを探《さが》せとか取《と》ってこいとか」

「——それでもだ」

あれ？　もしかして……。

わたしはジッと貴船君《きふねくん》の顔《かお》をのぞきこんだ。

「……なんだ」

「もしかして何《なに》か他《ほか》に話《はな》したいことがあるとか？　例《たと》えば片思《かたおも》…**モガモガモガアア！**」

ものすごい勢《いきお》いで口《くち》をふさがれ、わたしは涙目《なみだめ》になる。

「その話《はなし》はあとでたっぷりと聞《き》く。今《いま》はしゃべるな」

わたしは降参《こうさん》の意《い》をしめすように両手《りょうて》をあげ、コクコクとうなずいた。


うう っ。気《き》まずい！

あれからペア授業《じゅぎょう》の説明《せつめい》があったんだけど……。

貴船君《きふねくん》の言《い》う通《とお》り、ペアでゴールをすること以外《いがい》、特《とく》にミッションはなかった。

説明《せつめい》を聞《き》いた瞬間《しゅんかん》「だから言《い》っただろ」とでもいうようなマイナス100度《ど》の視線《しせん》を送《おく》られ続《つづ》けたっけ。（ブルブル）

ただ今回《こんかい》の話《はなし》でわかったのは、コースは２つあるってこと。

ゴールまでの時間《じかん》はかかるけれど、安全《あんぜん》なＡコース。

ハードだけど早《はや》くゴール地点《ちてん》に到着《とうちゃく》できるＢコース。

ペアでどちらが良《い》いか選《えら》び、そのコースを進《すす》むことになっていた。

**貴船大明神様《きふねだいみょうじんさま》が選《えら》んだのはもちろんBコースでありまして……。**

わたしたちは、ハードコースを進《すす》んでいるところでゴザイマス。

「落葉《おちば》さん。大丈夫《だいじょうぶ》？」

「花火《はなび》さん。うん、大丈夫《だいじょうぶ》だよ」

心配《しんぱい》そうにわたしに声《こえ》をかけてきたのは花火《はなび》さんだ。

「貴船《きふね》のヤツ。もうちょっと自分《じぶん》のペアに優《やさ》しくしろっていうのよ。今刀《いまかたな》を持《も》っていたら、たたっ斬《き》ってやるところなのに」

ひっ。今《いま》ここに刀《かたな》がなくて本当《ほんとう》に良《よ》かった！

物騒《ぶっそう》なことをまじめな顔《かお》でのたまう花火《はなび》さんの言葉《ことば》に、キュッと心臓《しんぞう》が縮《ちぢ》みあがる。

「ペアに優《やさ》しく？　おまえが言《い》うか？」

あきれたような声《こえ》を出《だ》すのは、無道君《むどうくん》。

今回《こんかい》のペア授業《じゅぎょう》で、２人《ふたり》はペア認定《にんてい》されたのだ。

たしかに目《め》を引《ひ》くオーラを持《も》つオールマイティな2人《ふたり》だもの。お似合《にあ》いだよね。

「私《わたし》と吹雪《ふぶき》の間《あいだ》に優《やさ》しさなんていらないでしょ？」

「聞《き》いたか落葉《おちば》。ひでーだろ」

無道君《むどうくん》はヤレヤレというようにわたしに向《む》かって視線《しせん》を投《な》げかける。

「ひどいのは吹雪《ふぶき》よ！　人《ひと》の顔《かお》見《み》た瞬間《しゅんかん》、あからさまにガッカリして」

「そっちこそ」

ポンポン言《い》い合《あ》う２人《ふたり》を見《み》て、

「――**仲良《なかよ》くていいなぁ**」

という言葉《ことば》が思《おも》わず口《くち》から飛《と》び出《だ》した。

なんでこんな言葉《ことば》が自分《じぶん》の口《くち》から出《で》たのかわからない。

だけど、仲良《なかよ》く話《はな》している２人《ふたり》を見《み》ていたら、ちょっとだけ胸《むね》がチクッとして……。

気《き》がついたらスルリと言葉《ことば》が口《くち》から飛《と》び出《だ》しちゃってた。

２人《ふたり》が仲良《なかよ》しなのは嬉《うれ》しいのに、なんでだろう？

そんなことを考《かんが》えていると、

**「「よくない！」」**

と、２人《ふたり》がわたしに向《む》かって同時《どうじ》に反論《はんろん》する。

「やっぱり仲良《なかよ》しだよ。だって言《い》いたいこと言《い》い合《あ》えるのって大事《だいじ》だもの」

交互《こうご》に2人《ふたり》の顔《かお》を見《み》つめながらそう返《かえ》すと、花火《はなび》さんと無道君《むどうくん》は納得《なっとく》がいかないような不機嫌《ふきげん》そうな顔《かお》でお互《たが》いを見《み》てから、プイッと目《め》をそらした。

その様子《ようす》に「ぷっ」と思《おも》わず吹《ふ》き出《だ》してしまう。

「こら、なに笑《わら》ってんだよ。からかってんのか」

ちょっとだけ不機嫌《ふきげん》そうに唇《くちびる》をとがらせる無道君《むどうくん》に向《む》かい、

「ちがうちがう。わたし、貴船君《きふねくん》とはぜんぜん話《はな》せてないけれど、せっかくペアになったんだから、2人《ふたり》の100分《ぶん》の1くらいは仲良《なかよ》くなれるよう頑張《がんば》ろうって思《おも》っただけ」

「落葉《おちば》さんの決意《けつい》は素晴《すば》らしいけれど……。もうあんな先《さき》に行《い》ってしまったわよ」

貴船君《きふねくん》はわたしとは一切《いっさい》の会話《かいわ》を拒否《きょひ》するとでもいうように、無言《むごん》で先《さき》に行《い》っちゃったみたい！

**うわあああっ。貴船君《きふねくん》、いつの間《ま》に！**

「落葉《おちば》さん。荷物《にもつ》少《すこ》し置《お》いていったら？　行《い》きのバスの時《とき》みたいに、また貴船《きふね》にイヤミを言《い》われるわよ」

「あはは……言《い》ってたねぇ。怒《おこ》られちゃうよね？」

そうだとばかりに花火《はなび》さんは大《おお》きくうなずく。

「さすがに1人《ひとり》でこの荷物《にもつ》背負《せお》ってあのペースで行《い》くのはムリだ。オレたちで少《すこ》し持《も》つか？」

「あら。吹雪《ふぶき》、たまにはいい事言《ことい》うじゃない。落葉《おちば》さん、リュックの中身《なかみ》をこっちによこして」

名案《めいあん》とばかりに、花火《はなび》さんがポンと手《て》を打《う》つ。

2人《ふたり》の申《もう》し出《で》は心《こころ》の底《そこ》からありがたいけれど、大事《だいじ》なものがたくさん入《はい》ってるし。

何《なに》より大好《だいす》きな2人《ふたり》の手《て》をわずらわせたくない。

**「ありがとう。でも大丈夫《だいじょうぶ》！　追《お》いかけてくるね」**

ヨイショと気合《きあ》いを入《い》れてから、心配《しんぱい》そうな2人《ふたり》に笑顔《えがお》でピースサインを向《む》けた。

「じゃあ。行《い》ってきます！」

わたしは2人《ふたり》にお礼《れい》を言《い》うと、小《ちい》さくなっていた貴船君《きふねくん》の背中《せなか》を追《お》いかけた。

# 6 その恋《こい》、協力《きょうりょく》します！

ハアハア。は……速《はや》いっ！

貴船君《きふねくん》がこんなに歩《ある》くの速《はや》いのは、わたしと足《あし》の長《なが》さがぜんぜんちがうからだろうか。

いいや。わたしが遅《おそ》いのは、このズッシリとこなきじじいのように重《おも》い荷物《にもつ》のせいだよね。

だけど山《やま》は危《あぶ》ないって昔《むかし》テレビで観《み》たし！　**どの荷物《にもつ》も置《お》いていけないよー！**

1人《ひとり》そんなことを考《かんが》えていると、突然《とつぜん》目《め》の前《まえ》に貴船君《きふねくん》がやってきた。

**「わあ！」**

「そんなに驚《おどろ》くことか」

いやいやっ。ずっと前《まえ》を歩《ある》いていると思《おも》っていた人《ひと》が急《きゅう》に目《め》の前《まえ》に現《あらわ》れたらビックリするよ！

「――よし。ここなら誰《だれ》もいないな」

キョロキョロとまわりを確認《かくにん》してから、貴船君《きふねくん》はすうっと息《いき》をすいこんだ。

「さあ。説明《せつめい》してもらおうか。さっきの発言《はつげん》はなんだ」

「さっきの発言《はつげん》？」

キョトンとした顔《かお》で聞《き》き返《かえ》すと、貴船君《きふねくん》はイラッとした顔《かお》でわたしをにらむ。

「とぼけるな！　片思《かたおも》いが……というデタラメだ」

ああ。なるほど！

貴船君《きふねくん》は誰《だれ》にも聞《き》かれないところでこの話《はなし》がしたくて、あんなに爆速《ばくそく》で歩《ある》いてたのか。

ちょっと意外《いがい》な一面《いちめん》が見《み》られた気《き》がして、思《おも》わず笑《え》みがこぼれる。

「――何《なに》を笑《わら》ってる」

**「す……すみません！**　貴船君《きふねくん》の意外《いがい》な一面《いちめん》が見《み》れて楽《たの》しいなと思《おも》って」

「そんなものオマエごときに見《み》せるわけないだろ！」

それって無自覚《むじかく》ってこと？　それはそれでまたカワイイというか。

殺気《さっき》のような視線《しせん》を感《かん》じ、わたしはあわてて笑《え》みを引《ひ》っ込《こ》めた。

「貴船君《きふねくん》はデタラメって言《い》うけど、**物部《もののべ》ヒミコ**さんのこと好《す》きでしょ？」

**「はあああああああああっ!?　なんでそう思《おも》った!?」**

真《ま》っ赤《か》になったその顔《かお》は『正解《せいかい》です』と言《い》っているようなものだと思《おも》いながら、わたしは理由《りゆう》を話《はな》しはじめた。

「貴船君《きふねくん》っていつも物部《もののべ》さんの方《ほう》よく見《み》てるなって思《おも》って。『目《め》は口《くち》ほどにものを言《い》う』ってコレかぁって思《おも》いました！」

**「あああああああああ」**

貴船君《きふねくん》は完全《かんぜん》に負《ま》けたボクサーのように、**ズーン**としゃがみ込《こ》む。

「大丈夫《だいじょうぶ》ですか」

「……自分《じぶん》のふがいなさを痛感《つうかん》しているだけだ」

「他《ほか》の人《ひと》にはバレていないと思《おも》いますよ？　だってうちの学校《がっこう》の生徒《せいと》って、人《ひと》の恋路《こいじ》に興味《きょうみ》とかなさそうじゃないですか」

「どういうことだ？」

「無道君《むどうくん》や花火《はなび》さんや天川君《あまかわくん》のことは、アイドルを愛《め》でるような感《かん》じで見《み》ている生徒《せいと》たちもいるけれど、他《ほか》の生徒《せいと》たちには興味《きょうみ》ないのかなぁって思《おも》うので」

「……」

げ。怒《おこ》らせちゃった!?

「――オマエの要望《ようぼう》はなんだ」

要望《ようぼう》？

「えーっと。**おだやかに楽《たの》しくこのミッションを終《お》わらせたいです！**」

「そうじゃなくて。俺《おれ》の弱《よわ》みをちらつかせて、何《なに》か企《たくら》んでるんだろ」

「企《たくら》んでません。そもそもこんな大事《だいじ》なことは、友達《ともだち》にだって言《い》うつもりはないよ」

「言《い》おうとしてたじゃねーか!!　──水口落葉《みずぐちおちば》。オマエ……正真正銘《しょうしんしょうめい》のバカだな？」

**はあああああああああっ!?**

ちょっとだけほめられると思《おも》ったわたしは、おどろいて口《くち》をパクパクする。

「他人《たにん》の弱《よわ》みは使《つか》ったもんがちだろ？」

そうだろうか？

わたしはゆっくりと目《め》を閉《と》じて考《かんが》えてから、「わたしは……ちがうと思《おも》います」とオズオズとそう告《つ》げた。

「ちがう？　なにがちがうんだ？」

意味《いみ》がわからずイライラする貴船君《きふねくん》に向《む》かい、わたしは思《おも》いきって言葉《ことば》を続《つづ》けた。

**「だって、弱《よわ》みをにぎっておどしてくる人《ひと》と友達《ともだち》にはなれないでしょう？」**

「まさかオマエ……俺《おれ》と友達《ともだち》になりたいのか？　怖《こわ》くないのかよ」

そりゃ……貴船君《きふねくん》のことはまだ怖《こわ》いけれど……。

わたしはグッとこぶしをにぎりしめ、貴船君《きふねくん》の目《め》をまっすぐに見《み》つめた。

「せっかく縁《えん》あってペアになったんだからさ。これを機《き》に貴船君《きふねくん》のことを知《し》りたいし、わたしのことも知《し》ってもらいたい。もちろん貴船君《きふねくん》の恋《こい》にも協力《きょうりょく》するし！」

**「いきなり恋《こい》とか言《い》うな。はずかしいだろ！」**

貴船君《きふねくん》は真《ま》っ赤《か》になってあわててさけぶ。

この人《ひと》って怒《おこ》りっぽくはあるけれど、はずかしさをごまかすために怒《おこ》ったりもするのかな。

「なんだよ」

「なんでもないです」

「はあ⁉　意味《いみ》わからねぇ」

乱暴《らんぼう》に自分《じぶん》の髪《かみ》をクシャクシャとかきまわしている貴船君《きふねくん》が、少《すこ》しだけ怖《こわ》くなくなった。

「オマエのせいで無駄《むだ》な時間《じかん》を過《す》ごした。急《いそ》ぐぞ」

**「えええっ⁉**　話《はなし》をしようとしたのは貴船君《きふねくん》の方《ほう》だよね？」

**「はあっ⁉**　学年最下位《がくねんさいかい》がＡ組《ぐみ》の俺《おれ》に文句《もんく》言《い》うのか？」

「ペアは……対等《たいとう》だと思《おも》う……ので」

ビクビクしながら言《い》うと、貴船君《きふねくん》からの反撃《はんげき》はなく――。

「行《い》くぞ」と出発《しゅっぱつ》をうながすその口調《くちょう》は、先《さき》ほどよりもずっと優《やさ》しいものに聞《き》こえたのだった。

**ゼイゼイゼイ。**

運動部《うんどうぶ》でもないわたしからすると、山《やま》のぼりはキツイ！（涙《なみだ》）

あれから1時間《じかん》以上《いじょう》歩《ある》き続《つづ》け、おいしい空気《くうき》もきれいな景色《けしき》も楽《たの》しむ余裕《よゆう》がなくなってきていた。

しかもすっごく驚《おどろ》きだったのが貴船君《きふねくん》の態度《たいど》が少《すこ》し変《か》わったところ。

「おい。荷物《にもつ》をよこせ」

「え？」

「見《み》てみろ。ちんたら歩《ある》いているせいで、他《ほか》のペアに後《おく》れを取《と》ってるじゃないか」

「いいよいいよ！　わたしが自分《じぶん》でもってきたんだし」

「**……ペアなんだろ。今《いま》は**」

貴船君《きふねくん》は乱暴《らんぼう》な口調《くちょう》でそう言《い》いながらも、わたしのリュックをヒョイとかついだ。

「あの……。ありがとう！」

わたしは歩《ある》き出《だ》す貴船君《きふねくん》にお礼《れい》を言《い》うと、早歩《はやある》きでその背中《せなか》を追《お》いかけた。

「――遅《おく》れるなよ」

「待《ま》って――**わっ**」

あわてて追《お》いかけようとすると小石《こいし》につまずきグラリとよろける。

**「危《あぶ》ない！」**

まさかの貴船君《きふねくん》に助《たす》けられ、わたしはビックリしてしまう。

「すまん。一瞬《いっしゅん》、妹《いもうと》とまちがえた」

へーっ。貴船君《きふねくん》って妹《いもうと》さんがいるんだ！

「きょうだいは妹《いもうと》さん1人《ひとり》？」

「――妹《いもうと》は2人《ふたり》。まだ幼稚園《ようちえん》だ」

「わーっ。かわいい！」

ん？　でも幼稚園児《ようちえんじ》にまちがえられたってこと⁉

ちょっとモヤッとするけれど、今《いま》は貴船君《きふねくん》が質問《しつもん》に答《こた》えてくれた方《ほう》が嬉《うれ》しい。

「わたしは超《ちょう》できの良《い》い双子《ふたご》の妹《いもうと》がいるの」

「そっちが入学《にゅうがく》するはずだったんじゃないのか？」

「本当《ほんとう》！　みんながそう思《おも》ってたのに！」

「力説《りきせつ》すんなよ」

貴船君《きふねくん》はあきれたように笑《わら》う。

歩《ある》きながら質問《しつもん》すると、貴船君《きふねくん》はポツリポツリと答《こた》えてくれて――。

道《みち》は相変《あいか》わらず険《けわ》しかったけれど、話《はな》しながらのハイキングは前《まえ》とはくらべものにならないくらい楽《たの》しくなっていた。


「――**あれ。どうしたんだろ**」

わたしは先《さき》にある人《ひと》の群《む》れを指《ゆび》さす。

先《さき》に行《い》ったはずの先頭集団《せんとうしゅうだん》のペアが立《た》ち止《ど》まっているみたい。

「行《い》ってみるか」

貴船君《きふねくん》の言葉《ことば》にわたしは大《おお》きくうなずき、先頭集団《せんとうしゅうだん》が立《た》ち止《ど》まっている場所《ばしょ》に向《む》かって歩《ある》き出《だ》したのだった。

# 7 ピンチの時《とき》はカフェタイム？

「あのっ、みんな。どうしたんですか？」

先頭集団《せんとうしゅうだん》が立《た》ち止《ど》まっている場所《ばしょ》へたどり着《つ》くと、わたしは肩《かた》で息《いき》をしながらそうたずねる。

「**――この先《さき》をまっすぐ行《い》けばいいと思《おも》うんだけど、霧《きり》で向《む》こうが見《み》えないの**」

言《い》われてみれば、まわりが少《すこ》しずつ霧《きり》でおおわれてきている。

「別《べつ》にあきらめたわけじゃないぞ。下手《へた》に動《うご》くと遭難《そうなん》するからあえてここで待機《たいき》してるんだ」

むだな時間《じかん》を過《す》ごしているように見《み》られるのは心外《しんがい》だとでも言《い》うように、先《さき》についていた生徒《せいと》が不機嫌《ふきげん》そうにそう言《い》った。

「ねえ、みんな顔色《かおいろ》が悪《わる》そうだけど、大丈夫《だいじょうぶ》かな？」

MVP《エムブイピー》を狙《ねら》って物凄《ものすご》いスピードで登《のぼ》ってきたせいか、生徒《せいと》たちの顔色《かおいろ》は悪《わる》く、みんなひどく疲《つか》れているように見《み》える。

「みんなへばってるなら好都合《こうつごう》だ。俺《おれ》たちは先《さき》に行《い》く」

そう言《い》うと貴船君《きふねくん》はわたしの腕《うで》をとり歩《ある》きはじめた。

「先《さき》に……って、**下手《へた》に動《うご》くと本当《ほんとう》に遭難《そうなん》しちゃうよ!?**」

前《まえ》を歩《ある》きだした貴船君《きふねくん》にそう呼《よ》びかけると、彼《かれ》はあゆみを止《と》めぬまま、

「場所《ばしょ》を移動《いどう》するだけだ。オマエ非常食《ひじょうしょく》とか色々《いろいろ》持《も》ってきてるんだろ。いったん食事《しょくじ》にしようぜ。他《ほか》のヤツらに見《み》つからないようにするんだぞ」

そうか！　他《ほか》の生徒《せいと》に気《き》をつかわせないように、そっとカフェタイムの準備《じゅんび》をしろってことか！

「貴船君《きふねくん》って本当《ほんとう》は優《やさ》しいんだね」

「は？」

わたしは貴船君《きふねくん》からリュックを受《う》け取《と》ると急《いそ》いでリュックからコーヒーセットを取《と》り出《だ》し準備《じゅんび》した。

「みなさん。ちょっと聞《き》いてください！　この霧《きり》は危《あぶ》ないので、いったん全員《ぜんいん》でカフェタイムにしませんかー？」

**「なんで他《ほか》のヤツらに声《こえ》をかけてんだよ！」**

あれ？　わたし、なんかまちがえちゃった？

「――なんか企《たくら》んでるんじゃないのか」

「企《たくら》んでるわけじゃないけど。同級生《どうきゅうせい》が困《こま》ってたら、何《なに》かしようって思《おも》わない？」

みんなに向《む》かってそう告《つ》げたが、生徒《せいと》たちは疑《うたが》いと戸惑《とまど》いのまなざしを向《む》けてくる。

「俺《おれ》たちは誇《ほこ》りたかきエリートだ。誰《だれ》かからの施《ほどこ》しは受《う》けない。これは勝負《しょうぶ》なんだぞ」

**「山《やま》をなめちゃだめです！！！」**

自分《じぶん》でもビックリするくらいの大声《おおごえ》が出《で》てしまい、あわてていると、
**ブルッ。**

急《きゅう》に気温《きおん》が下《さ》がったような気《き》がして、わたしは思《おも》わず自分《じぶん》の両腕《りょううで》をさする。

「**ウソだろ。もう全然前《ぜんぜんまえ》が見《み》えない**」

あっという間《ま》に冷気《れいき》をはらんだ霧《きり》はさらに濃《こ》くなり、その場《ば》にいた全員《ぜんいん》は不安《ふあん》げな表情《ひょうじょう》で顔《かお》を見合《みあ》わせた。

「——仕方《しかた》ないな。勝負《しょうぶ》に勝《か》つためにも、ここはあえていったんまとまるってどうだ？　コイツの言《い》うとおり、一度《ど》休《きゅう》けいした方《ほう》がこの先《さき》で勝《か》つためにもいいだろ」

貴船君《きふねくん》の説得《せっとく》を聞《き》いた生徒《せいと》たちは、顔《かお》を見合《みあ》わせながらお互《たが》いの様子《ようす》をうかがっている。

**「甘《あま》くて温《あたた》かいコーヒーいかがですか？　温《あたた》まってからまた考《かんが》えてもいいんじゃないですか？」**

ゴクリと喉《のど》をならす音《おと》が聞《き》こえたような気《き》がした。

「あのっ。荷物《にもつ》がばかでかいけど、もしかして他《ほか》にも色々《いろいろ》持《も》ってきてるの？」

「はいっ。自然《しぜん》をなめたら命《いのち》を落《お》とすと聞《き》いたので！　こんな時《とき》のために色々用意《いろいろようい》してきました」

おお！　という感嘆《かんたん》とイヤミがまじったような声《こえ》が聞《き》こえてくる。

「そしたら……薬《くすり》とかあるかな。実《じつ》は僕《ぼく》のペアが具合《ぐあい》が悪《わる》くて」

男子生徒《だんしせいと》が視線《しせん》を向《む》けた先《さき》にいたのは、まさかの物部《もののべ》さん！

**「ヒミコ！」**

貴船君《きふねくん》は物部《もののべ》さんの名前《なまえ》を呼《よ》ぶと、彼女《かのじょ》のもとへ勢《いきお》いよくかけ付《つ》ける。

「どうした？」

「――**騒《さわ》ぐな。ただのめまいだ**」

わたしもリュックをもって追《お》いかけてきたけれど、物部《もののべ》さんの陶器《とうき》のように白《しろ》い肌《はだ》が、さらに青《あお》ざめている。

「よかったら、このお薬《くすり》を飲《の》んでみてください」

持《も》ってきた水《みず》と一緒《いっしょ》に、わたしは物部《もののべ》さんに薬《くすり》を手渡《てわた》した。

**ポツポツ……。**

いやな事《こと》は続《つづ》くもので、空《そら》が急《きゅう》に暗《くら》くなり雨《あめ》が降《ふ》り始《はじ》めた。

「くそっ。病人《びょうにん》がいるっていうのに。山《やま》の中《なか》にいるせいでスマホも通《つう》じないから救助《きゅうじょ》も呼《よ》べない。どうしたらいいんだよ」

スマホを取《と》り出《だ》して電波《でんぱ》を探《さが》していた生徒《せいと》が、吐《は》き捨《す》てる。

「やっぱり戻《もど》った方《ほう》がいいんじゃない!?」

パニックになっている生徒《せいと》たちに向《む》けて、わたしは「大丈夫《だいじょうぶ》です！」と叫《さけ》んだが、誰《だれ》もわたしの言葉《ことば》なんて聞《き》いてくれない。

「**みんなよく聞《き》け！** 落葉《おちば》の持《も》ってきたガイドブックにここは天気《てんき》が変《か》わりやすいけど、すぐ晴《は》れるって書《か》いてある。雨《あめ》もひどくならないと思《おも》うから、とにかく今《いま》は落《お》ち着《つ》こう」

「ガイドブック？」

生徒《せいと》の1人《ひとり》にたずねられ、わたしは「ハイ」とうなずく。

「山《やま》はスマホも通《つう》じないんじゃないかと思《おも》って。天気《てんき》の本《ほん》とか山《やま》の本《ほん》とか色々《いろいろ》持《も》ってきたの」

そう言《い》いながら、タープを取《と》り出《だ》した。

「おいおい、なんでこんなに重《おも》いのかと思《おも》ったら、タープまであるのかよ」

「本当《ほんとう》はテントにしようと思《おも》ったんだけど、さすがに重《おも》すぎて。日《ひ》よけや雨《あま》よけになりそうなタープを持《も》ってきたんだ」

エヘヘとわたしは顔《かお》をかく。

あれ？　今《いま》、貴船君《きふねくん》、わたしのこと下《した》の名前《なまえ》で呼《よ》んだ？

貴船君自身《きふねくんじしん》も気《き》づいてないのかな？

どういうつもりでそう呼《よ》んだのかはわからないけれど、仲良《なかよ》くなれたような気《き》がしてうれしくなる。

「やりすぎかなぁと思《おも》ったんだけど、荷物《にもつ》まとめてたら楽《たの》しくなっちゃって。だから活躍《かつやく》の場《ば》があって良《よ》かったよ」

「オマエがこの雨《あめ》を呼《よ》んだんじゃないか？」

「ひどっ。さすがにそれはないよ！」

わたしたちのやりとりを見《み》てた生徒《せいと》からクスクスと笑《わら》い声《ごえ》が起《お》きる。

「――ありがとう。不覚《ふかく》にも動揺《どうよう》していた」

「水口《みずぐち》さんの荷物《にもつ》なのに……。貸《か》してもらっていいの？」

信《しん》じられないという顔《かお》でたずねてくる女子生徒《じょしせいと》にむかい、「**もちろん**」とわたしは大《おお》きくうなずく。

「**そのために持《も》ってきたんだから！**」

「――あたし、チョコレート持《も》ってる」

「僕《ぼく》はタオルが余分《よぶん》にある。もし必要《ひつよう》なら言《い》ってくれ」

「よし。休戦決定《きゅうせんけってい》。ここで休《やす》もうぜ」

――良《よ》かった。

こわばっていた皆《みんな》の顔《かお》が優《やさ》しくなり、目《め》に光《ひかり》が戻《もど》ってきている。

「あと……物部《もののべ》さん。良《よ》かったらこれを」

わたしは具合《ぐあい》が悪《わる》そうな物部《もののべ》さんの手《て》に缶《かん》を渡《わた》した。

「――なんだ。これは」

「携帯用《けいたいよう》の酸素《さんそ》スプレー。気休《きやす》めにしかならないと思《おも》うんだけど使《つか》ってみて」

「こんなものまで持《も》ってきてたのか？」

「具合《ぐあい》が悪《わる》くなってからだとあんまり効《き》かないみたいだけど、ないよりはマシかなと思《おも》って」

「――自分《じぶん》より下《した》の者《もの》からのほどこしはいらん」

「ヒミコ。せっかく落葉《おちば》がこう言《い》ってんだ。ありがたく使《つか》わせてもらえよ」

まさかの貴船君《きふねくん》の言葉《ことば》に、物部《もののべ》さんは驚《おどろ》いたように目《め》を見開《みひら》いた。

「――**ずいぶんと仲《なか》が良《よ》くなったものだな**」

「別《べつ》になっちゃいねーよ」

貴船君《きふねくん》はばつが悪《わる》そうにそう告《つ》げると、「あとは任《まか》せた」とわたしの肩《かた》をポンとたたき、タープを設営《せつえい》している生徒《せいと》たちの方《ほう》へ合流《ごうりゅう》する。

**ぎゃっ。**この場《ば》から消《き》えた方《ほう》が良《よ》かったのはわたしだった！

空気《くうき》が読《よ》めなかった自分《じぶん》にドンヨリと肩《かた》を落《お》とす。

「嫌《きら》われたものだ」

**「まさか！　それはないです！」**

キッパリと告《つ》げるわたしの顔《かお》を、物部《もののべ》さんは怪訝《けげん》な顔《かお》で見《み》つめる。

「――なぜそう言《い》いきれる」

「いやっ。あの、ハイキングでちょっとだけ友達《ともだち》っぽくなれて。物部《もののべ》さんを嫌《きら》ったりしないんじゃないかなーって」

「友達《ともだち》？　まさか。アイツはそんなものは作《つく》らない」

そう言《い》ってからわたしの顔《かお》をマジマジと見《み》つめる。

「まさか運命《うんめい》の相手《あいて》なんじゃ……」

いやいや！『貴船君《きふねくん》が片思《かたおも》いしてるのはあなたです！』とは言《い》えないので、わたしは意味《いみ》のない笑《え》みでごまかす。

「水口《みずぐち》さーん。ちょっと来《き》て！」

ほっ。なんか追及《ついきゅう》されそうだったから呼《よ》ばれて助《たす》かった！

「はーい！　今行《いまい》きます。貴船君《きふねくん》にこっちに戻《もど》るよう伝《つた》えるので、少《すこ》し休《やす》んでいてくださいね」

「――別《べつ》にアイツを呼《よ》ぶ必要《ひつよう》はない」

ううっ。せっかく2人《ふたり》きりになれるチャンスを作《つく》れると思《おも》ったのに！

「水口《みずぐち》さん！」

「――引《ひ》き留《と》めてすまなかった。行《い》ってくれ」

「はい。じゃあ、失礼《しつれい》します」

わたしは物部《もののべ》さんにペコリと頭《あたま》を下《さ》げると、「さっきより霧《きり》が晴《は》れてきたよ！」と声《こえ》がする方《ほう》へ向《む》かったのだった。

# 8 ゴール直前《ちょくぜん》のテスト？

あれから30分《ぷん》くらいで雨《あめ》はやみ、霧《きり》も少《すこ》しずつ晴《は》れていった。

休戦《きゅうせん》は終《お》わり、ペアごとにゴールに向《む》かって歩《ある》いていた。

「みんな霧《きり》の中《なか》ごくろうさま。ゴールはすぐそこだよ」

ゴール直前《ちょくぜん》で手《て》を振《ふ》っているのは、うちの学園《がくえん》の先生《せんせい》だ。

「ここではテストを受《う》けてもらう。テストをパスしたものはここを通《とお》ることができるよ」

ぐぐっ。本当《ほんとう》にゴールは目《め》と鼻《はな》の先《さき》だ。

先《さき》に行《い》ったと思《おも》っていた生徒《せいと》たちはみんなここで捕《つか》まっており、けわしい顔《かお》をしていたり、「アンタのせいで」などとののしりあったりしている。

いったい、どんだけ難《むずか》しいテストなの!?

「落葉《おちば》ちゃん、大変《たいへん》だったね」

天川君《あまかわくん》がわたしの肩《かた》をそっとたたく。

無道君《むどうくん》、花火《はなび》さん、天川君《あまかわくん》はわたしたちよりも後《あと》に出発《しゅっぱつ》したはずなのに、先《さき》に着《つ》いちゃうなんてビックリだよ！

「でも落葉《おちば》の荷物《にもつ》が役《やく》に立《た》ったらしいな」

「そうよ！　しかも他《ほか》の生徒達《せいとたち》まで助《たす》けるなんて！　落葉《おちば》さんっ、あなた女神《めがみ》なの!?」

花火《はなび》さんの目《め》は感動《かんどう》したようにウルウルとうるんでいる。

「いやいやっ。ちゃんと使《つか》い道《みち》があって良《よ》かったよ」

「荷物《にもつ》をひろうするために落葉《おちば》が雨《あめ》と霧《きり》を呼《よ》んだんだもんなー」

「うわっ。貴船君《きふねくん》」

いきなりワシャワシャと頭《あたま》をなでられ、すっとんきょうな声《こえ》をあげる。

「**おい貴船《きふね》。うちの落葉《おちば》に勝手《かって》にさわるな**」

眉間《みけん》にしわを寄《よ》せながら、無道君《むどうくん》は貴船君《きふねくん》の手首《てくび》を乱暴《らんぼう》につかみ、わたしを守《まも》るように間《あいだ》に入《はい》る。

「なんだよ。自分《じぶん》のペアに何《なに》をしようがオマエに関係《かんけい》ないだろ」

**バチバチ。**

無道君《むどうくん》と貴船君《きふねくん》が一触即発状態《いっしょくそくはつじょうたい》になり、わたしは**「大丈夫《だいじょうぶ》！」**と声《こえ》をはりあげる。

「ごめんね、無道君《むどうくん》。貴船君《きふねくん》、じゃれてるだけだから」

「じゃれてるって何《なん》だ、じゃれてるって。アホなのか？　ヒマなのか!?」

「口《くち》わるっ」

ぼう然《ぜん》とした顔《かお》でわたしたちのやりとりを見《み》ていた天川君《あまかわくん》が、

「なんか……めちゃくちゃ仲良《なかよ》くなってない？」

と、顔《かお》を引《ひ》きつらせながら告《つ》げる。

「AI《エーアイ》が選《えら》んだだけあって、相性《あいしょう》いいんだろ？　な、落葉《おちば》」

そう言《い》ってわたしと肩《かた》を組《く》むと、グイッと力任《ちからまか》せに引《ひ》き寄《よ》せる。

「無道《むどう》、天川《あまかわ》、月村《つきむら》。ごめんなぁ？　コイツを大事《だいじ》にしてるオマエ達《たち》より、俺《おれ》と一番相性《いちばんあいしょう》が良《よ》くてさ。はーっはっはっはっは。このままカップル成立《せいりつ》かぁ？　残念《ざんねん》だなぁ」

ひーっ！

貴船君《きふねくん》ってば、あきらかに3人《にん》を挑発《ちょうはつ》している。

こんな簡単《かんたん》な挑発《ちょうはつ》に乗《の》るはずないと思《おも》っていたけれど、無道君《むどうくん》と天川君《あまかわくん》と花火《はなび》さんからメラメラと怒《いか》りの炎《ほのお》が浮《う》かんでいるように見《み》える。

**「吹雪《ふぶき》、春人《はると》。どうしたらいいのかしら。私《わたし》、怒《いか》りで目《め》の前《まえ》が真《ま》っ赤《か》だわ」**

**「奇遇《きぐう》だな。オレもだぜ」**

花火《はなび》さんの呟《つぶや》きに無道君《むどうくん》が真顔《まがお》で答《こた》える。

**「まぁ。復讐《ふくしゅう》リストに入《い》れておけばいいよ。必《かなら》ず100倍《ばい》にして返《かえ》せばいいんだから」**

復讐《ふくしゅう》リストぉ⁉

まずいまずい！　温厚《おんこう》な天川君《あまかわくん》まで物騒《ぶっそう》なことおっしゃってる！

「貴船君《きふねくん》。わざとそーゆー態度《たいど》を取《と》るのって良《よ》くないよ。それにこんなところ見《み》られて愛《いと》しの物《もの》部《べ》さんに誤解《ごかい》されたらモゴモゴ……」

ギョッとした貴船君《きふねくん》に口《くち》をふさがれる。

「まあ。テストは俺《おれ》がぶっちぎるから心配《しんぱい》するな。行《い》くぞ」

設置《せっち》された机《つくえ》の上《うえ》に置《お》かれているテスト用紙《ようし》をおそるおそるひっくり返《かえ》すと……。

『**相性診断《あいしょうしんだん》テスト**』なんてふざけた文字《もじ》が書《か》いてあるじゃないですか！

えええっ。これって本当《ほんとう》にテストなの？

わたしは頭《あたま》に？マークを浮《う》かべながら問題《もんだい》を読《よ》む。それは――、

①ペアは何人兄弟《なんにんきょうだい》ですか？

②ペアの好《す》きな食《た》べ物《もの》はなんですか？

など、ペアのことをどれだけ知《し》っているかというテストだった。

「あっ、これなら解《と》ける」

貴船君《きふねくん》にはイヤがられたけど、いろいろ話《はな》しておいて良《よ》かった！

気《き》になる試験《しけん》の結果《けっか》はと言《い》うと――。

**「第《だい》1回目《かいめ》のペア授業《じゅぎょう》の1位《い》は無道吹雪《むどうふぶき》と月村花火《つきむらはなび》ペア。2位《い》は貴船信長《きふねのぶなが》と水口落葉《みずぐちおちば》ペア！」**

発表《はっぴょう》を聞《き》いた生徒《せいと》たちから「おおおお！」と歓声《かんせい》が起《お》こる。

「吹雪《ふぶき》&花火《はなび》ペアはわかるけど、貴船《きふね》と水口《みずぐち》が2位《い》ってどういうことだよ!?」

「まさか本当《ほんとう》に運命《うんめい》の相手《あいて》なんじゃ……」

わたしたちがまさかの高得点《こうとくてん》をたたき出《だ》したことが、生徒《せいと》たちには信《しん》じられないらしく、図《はか》らずもAI《エーアイ》の評価《ひょうか》まであげてしまったみたい。

そんなこんなで、わたしたちはまさかの高得点《こうとくてん》で無事《ぶじ》にテストを終《お》えることができたのだった。


「――まさかオマエ、知《し》ってたんじゃ」

「ええっ？　何《なに》を!?」

「最後《さいご》にテストがあることに決《き》まってるだろ」

貴船君《きふねくん》は警察官《けいさつかん》のようなまなざしで、ジッとわたしを見《み》つめてくる。

「だって縁《えん》あってペアを組《く》むなら相手《あいて》のことを知《し》っている方《ほう》がいいって言《い》ってたじゃないか。まさか不正《ふせい》したんじゃ……」

貴船君《きふねくん》はうたがうようなまなざしを向《む》けてくる。

「不正《ふせい》なんてしてません！　テストのことなんてもちろん知《し》らなかったよ！」

「じゃあなんでそんなムダなことをしようとしたんだ⁉」

**「ムダじゃないよ。せっかく縁《えん》あってペアになってハイキングするなら、お互《たが》いのことを知《し》っている方《ほう》が楽《たの》しい時間《じかん》が過《す》ごせるんじゃないかって思《おも》っただけ」**

「ムダなことを進《すす》んでやりたがるなんて。ポンコツの考《かんが》えることはわからん」

と貴船君《きふねくん》は興味《きょうみ》なささそうにそう言《い》った。

「でも、今回《こんかい》はムダにならなくて良《よ》かったよ」

そう言《い》ってヘラリと笑《わら》うと、貴船君《きふねくん》はふいっと小《ちい》さな声《こえ》で、

**「――オマエが今回《こんかい》のペアで助《たす》かった」**

とつぶやいた。

へ？　今誰《いまだれ》に言《い》ったの？

キョロキョロとまわりを見《み》ると、貴船君《きふねくん》は「オマエに言《い》ったんだ」とぶっきらぼうに言《い》う。

「AI《エーアイ》の力《ちから》もバカにならないな。なあ、このまま次《つぎ》も一緒《いっしょ》に組《く》むか」

**「それはダメだよ！」**

貴船君《きふねくん》の言葉《ことば》にかぶせるようにわたしはそう叫《さけ》ぶ。

「――なんでだよ」

「だって貴船君《きふねくん》の『運命《うんめい》の相手《あいて》』は物部《もののべ》さんなんでしょ？　さっきから貴船君《きふねくん》って物部《もののべ》さんのこと避《さ》けてるように見《み》える。――**それは……よくないと思《おも》う**」

「――俺《おれ》が誘《さそ》ったら、アイツは断《ことわ》れないからな」

俺《おれ》が誘《さそ》ったら断《ことわ》れないぃ⁉

無道君《むどうくん》といい貴船君《きふねくん》といい、うちの学校《がっこう》の男子《だんし》はどうしてこうオレサマなの⁉

ところが、もっと自信満々《じしんまんまん》かと思《おも》いきや、なぜか彼《かれ》は恥《は》ずかしそうにも居心地《いごこち》が悪《わる》そうにも見《み》えるような表情《ひょうじょう》を浮《う》かべていた。

「わたし貴船君《きふねくん》のこと応援《おうえん》したいと思《おも》ってるから……。どうしてそんな風《ふう》に思《おも》うのか聞《き》いてもいいかな？」

何《なに》かわたしにできることがあればと思《おも》うけど、今《いま》のままじゃ何《なに》もできない。

そう思《おも》って問《と》いかけてみたけれど、

「勘違《かんちが》いするな。1回《かい》ペア組《く》んだだけのオマエに言《い》うわけない。だいたい俺《おれ》の恋《こい》を応援《おうえん》したいだなんて、何《なん》のためにだよ」

と、貴船君《きふねくん》から思《おも》いのほか強《つよ》い口調《くちょう》で返《かえ》される。

「わたし、貴船君《きふねくん》と友達《ともだち》になりたい。だから……」

ギュッとこぶしをにぎりしめながらそう言《い》うと、

「**俺《おれ》は友達《ともだち》になれるとは思《おも》わない。だから応援《おうえん》は必要《ひつよう》ない**」

とだけ言《い》い残《のこ》し、この場《ば》を去《さ》って行《い》った。

ど……どうしよう！　貴船君《きふねくん》のこと怒《おこ》らせちゃった。

こんな大事《だいじ》な時《とき》に、わたし……何《なん》かまちがえちゃったあああっ！

せっかく少《すこ》しだけ仲良《なかよ》くなれて、お礼《れい》まで言《い》われたのに。

余計《よけい》なことを言《い》わない方《ほう》が良《よ》かったのかな……。

わたしはションボリと肩《かた》を落《お》とす。

でも今回《こんかい》の特別授業《とくべつじゅぎょう》の最終目標《さいしゅうもくひょう》は『運命《うんめい》の相手《あいて》』を探《さが》すことのはず。

本当《ほんとう》に好《す》きな人《ひと》がいるにもかかわらず、特別授業《とくべつじゅぎょう》にパスする確率《かくりつ》を高《たか》めるために、その相手《あいて》から目《め》をそむけていいのかな？

運命《うんめい》の相手《あいて》がいる人《ひと》だって、こんなに大変《たいへん》ってことは……。

そこまですらもたどりつけていないわたしなんか、もっとヤバイんじゃない⁉

そもそも『運命《うんめい》の相手《あいて》』って何《なに》？

言葉的《ことばてき》に「この人《ひと》だー！」って人《ひと》が現《あらわ》れたら、**ビビビッ！**ってわかるものじゃないの⁉

今《いま》のところ全《まった》くそんな気配《けはい》ないんだけど、どうしよう！

「――やっぱり特別授業《とくべつじゅぎょう》って大変《たいへん》だ」

1人残《ひとりのこ》されたわたしは、ポツリとそう呟《つぶや》いたのだった。

# 9 ペア授業《じゅぎょう》2回目《かいめ》！

1回目《かいめ》のハイキングが終《お》わってから、すぐ支度《したく》をするように先生《せんせい》から言《い》われて、休《きゅう》けいナシで2回目《かいめ》のペア授業《じゅぎょう》に突入《とつにゅう》した。

しかも今回《こんかい》の支度《したく》というのが……。

**「なんで全員浴衣《ぜんいんゆかた》？」**

そうなんです！　全員学校《ぜんいんがっこう》から支給《しきゅう》された浴衣《ゆかた》に着替《きが》えることだったの！

2回目《かいめ》のペア授業《じゅぎょう》は、浴衣《ゆかた》で参加《さんか》って言《い》われてさ。

男子生徒《だんしせいと》も女子生徒《じょしせいと》も全員浴衣姿《ぜんいんゆかたすがた》になって広場《ひろば》に集《あつ》められたんだ。

「うわー！」

ドンドンドンという太鼓《たいこ》や笛《ふえ》の音《おと》。

前回《ぜんかい》のハイキングのゴール付近《ふきん》で**夏祭《なつまつ》り**があるんだって。

目《め》の前《まえ》にはたくさんの屋台《やたい》が立《た》ち並《なら》び、美味《おい》しそうな匂《にお》いがわたしの鼻《はな》をくすぐった。

ペア授業《じゅぎょう》なんかそっちのけで、縁日《えんにち》まわりたいなぁ。

そんなことを思《おも》っていると——。

「2回目《かいめ》のペア授業《じゅぎょう》についてはこちらから説明《せつめい》するぞ」

そういったのは、うちの学校《がっこう》の先生《せんせい》だ。

「1回目《かいめ》はAI《エーアイ》が決《き》めたペアだったが、**今回《こんかい》は自分《じぶん》たちでペアを見《み》つけるように**」

げげっ。今回《こんかい》は自分《じぶん》で自分《じぶん》の相手《あいて》を見《み》つけなきゃいけないの!?

「ペアを決《き》めたら君《きみ》たちのために用意《ようい》したこの縁日《えんにち》を2人《ふたり》でまわり、それぞれに配《くば》られたカードにスタンプを集《あつ》めてもらう。屋台《やたい》のミッションをクリアし、スタンプをたくさん集《あつ》めれば高得点《こうとくてん》となり、最後《さいご》まで組《く》む相手《あいて》が見《み》つけられなければその場《ば》で失格《しっかく》だ。このカードは2人一緒《ふたりいっしょ》に1枚《まい》ずつ提出《ていしゅつ》しないと、ミッションクリアにならないので注意《ちゅうい》するように。そして最後《さいご》に——」

先生《せんせい》はそう言《い》ってから、もったいぶったように一呼吸置《ひとこきゅうお》く。

「**最後《さいご》の告白《こくはく》は翌日《よくじつ》になる。**……と、**言《い》うことはこのペア授業《じゅぎょう》は相手《あいて》のことをよく知《し》ることができる貴重《きちょう》なチャンスだ。よく考《かんが》えてからペアを決《き》めることをおすすめする**」

最後《さいご》に待《ま》っている『告白《こくはく》』は、泣《な》いても笑《わら》ってもただ一度《ど》だけ。

それがこのペア授業《じゅぎょう》のあとにやってくるということか。

次《つぎ》が最後《さいご》の告白《こくはく》だと聞《き》かされ、わたしたち生徒《せいと》の空気《くうき》が再《ふた》びピリッとした。

だけど不謹慎《ふきんしん》かも知《し》れないんですが、言《い》ってもいいですか!?

**今回《こんかい》のペア授業《じゅぎょう》って、なんだかデデデデートみたいじゃないっ!?**

って、わたしが1人《ひとり》でそんなことを思《おも》っている間《あいだ》に、その場《ば》にいた生徒《せいと》たちは、どんどんペアになっていくではありませんか！

今回《こんかい》はたくさんスタンプを集《あつ》めなきゃいけないから、早《はや》くペアを見《み》つけた方《ほう》がいいのかも知《し》れないけれど……。『運命《うんめい》の相手《あいて》』を探《さが》すいっかんなのに、そんなにホイホイ決《き》めちゃっていいの!?

あせってまわりを見渡《みわた》すが、わたしの運命《うんめい》の相手《あいて》などいるはずもないわけで。(涙《なみだ》)

とりあえず自分《じぶん》のことはいったん置《お》いておいて、貴船君《きふねくん》と物部《もののべ》さんの姿《すがた》をさがす。

1回目《かいめ》のペアになってわかったけど、貴船君《きふねくん》ってけっこう肝心《かんじん》なところでシャイな気《き》がするんだよね。

貴船君《きふねくん》には応援《おうえん》は必要《ひつよう》ないと断《ことわ》られてはいるけれど、何《なに》か手伝《てつだ》えることがあったら力《ちから》になりたいし……。

キョロキョロと貴船君《きふねくん》を捜《さが》していると——。

**「まったく急《きゅう》にどこに行《い》ったんだよ。捜《さが》したぞ」**

「無道君《むどうくん》？」

うしろから声《こえ》をかけられ、振《ふ》り向《む》くとわたしはビックリして目《め》を丸《まる》くする。

「――なんだよ」

**「無道君《むどうくん》、浴衣似合《ゆかたにあ》うね！」**

みんな可愛《かわい》くカッコよく着《き》こなしていて素敵《すてき》だなって思《おも》うけど、無道君《むどうくん》は思《おも》わず見《み》とれてしまうカッコよさだよ！

「写真《しゃしん》とかとられまくって大変《たいへん》だったんじゃない？」

「あー。思《おも》い出《だ》したくないから言《い》うな。それに、浴衣《ゆかた》なら落葉《おちば》の方《ほう》が似合《にあ》ってる」

「えっ。本当《ほんとう》!? あ、そうか、和服《わふく》はずんどうの方《ほう》が似合《にあ》うっていうから、それでかな。あ！

無道君《むどうくん》をずんどうだとは思《おも》っていないので！」

「オレだって別《べつ》にずんどうだなんて思《おも》ってねぇけど」

あ……。そうなんだ。

「なんで赤《あか》くなるんだよ」

「ほめられるのとか慣《な》れてないから照《て》れてしまって」

お礼《れい》をいいながら頬《ほお》が熱《あつ》くなるのがわかる。

**パシャリ。**

急《きゅう》に音《おと》がして思《おも》わず顔《かお》をあげる。

「え？　今《いま》の音《おと》なに？」

「記念《きねん》にとってみた」

無道君《むどうくん》はべーといたずらっこのように舌《した》を出《だ》す。

ひえええっ。わたしの写真《しゃしん》なんかとったって記念《きねん》にならないよ！

「じゃあ。わたしも無道君《むどうくん》の写真《しゃしん》とる！　もしかしたら見《み》てよろこぶ子《こ》がいるかも知《し》れないから！」

「**――自分《じぶん》のためじゃないのかよ**」

ちょっとだけすねたようにくちびるをとがらせる無道君《むどうくん》は、スマホで撮影《さつえい》しようとしていたわたしのスマホに手《て》をそえた。

「どうせなら一緒《いっしょ》にとろうぜ」

いやいやっ。無道君《むどうくん》と写真《しゃしん》をとるなんておそれおおいって！

「**笑《わら》えよ。せーの**」

**パシャリ。**

ボタンを押《お》す無道君《むどうくん》のかけ声《ごえ》につられて、反《はん》射的《しゃてき》に笑《わら》う。

「――うん。良《よ》くとれてるな。その写真《しゃしん》送《おく》って」

「わ……わかったけど。それよりどうしたの？」

何《なに》か無道君《むどうくん》と約束《やくそく》をしてたっけ？

「もしかして忘《わす》れ物《もの》があったとか？　あちゃー。わざわざありがとう」

**「アホ。――さそいに来《き》たに決《き》まってんだろ」**

「さそう？　どこに？」

「あのな。今《いま》この状況《じょうきょう》でさそうっていったら、縁日《えんにち》に決《き》まってるだろ」

**ええええええっ。そうなの!?**

「いやいやっ、とんでもございません！　無道君《むどうくん》とペア組《く》みたい子《こ》はたくさんいるもの」

**「オレは自分《じぶん》が組《く》みたい相手《あいて》がいいんだよ」**

え……。それってどういう……。

あーっ！　そうか！　女《おんな》の子《こ》たちが群《むら》がってきて大変《たいへん》ってことか！

人気者《にんきもの》には人気者《にんきもの》のつらさがあるってことだよね。

わたしはうでを組《く》みながらウンウンと大《おお》きくうなずいた。

「わかった！　わたしで良《よ》ければ無道君《むどうくん》を助《たす》けるよ」

「助《たす》けるってなんだよ」

「他《ほか》の子《こ》に追《お》われて大変《たいへん》なんでしょ！」

「――まあ。そうだな」

やっぱり！

**「わたしが無道君《むどうくん》を守《まも》るから！　安心《あんしん》して」**

ドンと自分《じぶん》の胸《むね》をたたくと、無道君《むどうくん》はちょっとだけ苦虫《にがむし》をかみつぶしたような顔《かお》をしてから、

「よろしくな」とつぶやいたのだった。

# 10 ペアイベント目白押《めじろお》しです！

２回目《かいめ》の授業《じゅぎょう》はペアを自分《じぶん》で探《さが》し、２人一組《ふたりひとくみ》で縁日《えんにち》を回《まわ》るミッションだ。

「あ、もうペアになってる子達《こたち》って、もしかして……」

「ああ。あれは１回目《かいめ》で組《く》んだヤツとそのまま……ってパターンだな」

**「えええっ。そうなの⁉　だってペア授業《じゅぎょう》って、次《つぎ》はもうないよね⁉」**

「ああ。そうだな」

無道君《むどうくん》は興味《きょうみ》がないというように、あっさりとうなずいた。

えっ、えっ。ちょっと待《ま》って！

次《つぎ》は最後《さいご》の告白《こくはく》になるっていうのに、前回《ぜんかい》と同《おな》じ人《ひと》で良《い》いってこと？

「――なるほど。わたしは違《ちが》ったけど、ＡＩ《エーアイ》が選《えら》んだ相手《あいて》が、運命《うんめい》の相手《あいて》だったたって人《ひと》が多《おお》いのかな？」

「ばーか。そんなわけないだろ」

「なんで!?　だって現《げん》に同《おな》じ人《ひと》と組《く》んでる人《ひと》が多《おお》いんだよね？」

「アイツらが同《おな》じ相手《あいて》を選《えら》んでるのは、たぶんそれが一番効率的《いちばんこうりつてき》で、かつペア授業《じゅぎょう》をクリアできる確率《かくりつ》が高《たか》いからだ」

ちょっと待《ま》って。『運命《うんめい》の相手《あいて》』を選《えら》ぶのに、効率《こうりつ》と確率《かくりつ》って大事《だいじ》なの？

**無道君《むどうくん》のおっしゃることがぜんぜんわからないのですが！（涙《なみだ》）**

でも……。待《ま》てよ。無道君《むどうくん》も効率《こうりつ》を重視《じゅうし》しているから、比較的《ひかくてき》よく知《し》っているわたしと組《く》んでるのかな？

他《ほか》の女《おんな》の子《こ》たちにかこまれて大変《たいへん》だから、護衛《ごえい》みたいなものかなぁと思《おも》っていたんだけど……。

なるほど。たしかに効率《こうりつ》を重視《じゅうし》するのが理由《りゆう》なら、納得《なっとく》がいくかも！

だけど……。無道君《むどうくん》だって、今回《こんかい》で告白《こくはく》する相手《あいて》を選《えら》ばなきゃいけないんだよね？

そうなると、たとえ女《おんな》の子達《こたち》にかこまれて大変《たいへん》であっても、効率重視《こうりつじゅうし》でわたしと組《く》んでる場合《ばあい》じゃないんじゃないのかなぁ。

なんとなく胸《むね》がモヤモヤとしてしまい、わたしはジッと考《かんが》えこむ。

「なーに1人《ひとり》で百面相《ひゃくめんそう》してるんだよ」

「あ！　なんでもないです！」

あわてそう答《こた》えると、無道君《むどうくん》は不思議《ふしぎ》そうに首《くび》をかしげる。

「――まぁいいか。よし、**射的《しゃてき》**からやってみるか」

「了解《りょうかい》！」

その言葉《ことば》にうなずくと、無道君《むどうくん》はわたしの手《て》を握《にぎ》り小走《こばし》りで屋台《やたい》に向《む》かう。

「えっと……。**なんで手《て》をつなぐの!?**」

「ただでさえすぐにいなくなるんだ。はぐれたら大変《たいへん》だろ」

あっ。そういうことか！

**「何《なん》だと思《おも》ったんだよ」**

クスリといじわるな笑《え》みを浮《う》かべ、無道君《むどうくん》は耳元《みみもと》でささやく。

「ほら。ペアイベントだからそれっぽくしようとしてるのかなーって。あははは！　そんなわけないのに。失礼《しつれい》しました」

「そーゆー下心《したごころ》も半分《はんぶん》」

**「はえっ！」**

**「この縁日《えんにち》で少《すこ》しは意識《いしき》させてやろうかと思《おも》って」**

意識《いしき》!?　何《なに》をどう意識《いしき》させるということでしょうか！

うまく聞《き》き返《かえ》せないでいると、射的《しゃてき》の屋台《やたい》に到着《とうちゃく》した。

「それじゃあ、お願《ねが》いします」

射的屋《しゃてきや》さんのおじさんにスタンプカードを渡《わた》すと、

「それじゃあ６発弾《ぱったま》をあげるから、２人《ふたり》で最低《さいてい》２つ以上取《いじょうと》れたら成功《せいこう》だよ。力《ちから》を合《あ》わせて頑張《がんば》ってね」

ほっ。それなら無道君《むどうくん》にやってもらって、わたしは応援役《おうえんやく》になれば大丈夫《だいじょうぶ》かも！

そんな事《こと》を思《おも》っていると、

「落葉《おちば》。どれを狙《ねら》って欲《ほ》しい？」

と、ピストルを構《かま》えた無道君《むどうくん》にたずねられた。

じっくりと景品《けいひん》を見《み》ていると――。

**「あ！　一番上《いちばんうえ》の段《だん》の左《ひだり》から２つ目《め》のぬいぐるみ！　無道君《むどうくん》に似《に》てない!?」**

「はあっ。どこがだよ。目《め》つきの悪《わる》いクロヒョウだろ」

「その目《め》つきの悪《わる》いところとかそっくりなんだって！　わたし、あれが欲《ほ》しい」

そう言《い》い終《お》わる前《まえ》に、**パン！**　と乾《かわ》いた音《おと》がして、ぬいぐるみがコロリと下《した》に転《ころ》がった。

「おめでとうございまーす」

**カランカラン**と音《おと》がなり、ぬいぐるみを手渡《てわた》される。

「うわあああっ。すごい！　無道君《むどうくん》には苦手《にがて》なこととかないの？」

「別《べつ》にこのくらいふつうだろ」

いやいやっ。ふつうじゃないって！

**「よーし、この調子《ちょうし》でバンバンお願《ねが》いします！」**

だって無道君《むどうくん》がぜんぶやれば確実《かくじつ》だもの！

「何言《なにい》ってんだ。落葉《おちば》、やってみろよ」

そう言《い》うと、無道君《むどうくん》はわたしにピストルを手渡《てわた》した。

「えええっ。本気《ほんき》で言《い》ってるの!?」

「見《み》てるよりやった方《ほう》が楽《たの》しいだろ」

「いやっ。楽《たの》しいかも知《し》れないけど、これ『特別授業《とくべつじゅぎょう》』なんだよ!?」

**「問題《もんだい》ない。ようは2つ取《と》ればいいんだ。落葉《おちば》が取《と》れなくても、最後《さいご》にオレが助《たす》けてやるから安心《あんしん》しろ」**

無道君《むどうくん》はそう言《い》うとポンポンとわたしの緊張《きんちょう》をとくように頭《あたま》をたたく。

無道君《むどうくん》、頼《たの》もしすぎるっ！

今《いま》の無道君《むどうくん》の言葉《ことば》で、緊張《きんちょう》でガチガチだった身体《からだ》のこわばりがほどけていく。

「じゃあ——行《い》きます！」

ピストルをかまえて引《ひ》き金《がね》を引《ひ》くとパン!!　と乾《かわ》いた音《おと》がして、わたしは思《おも》わず身体《からだ》をこわばらせた。

「ううう。すみません。かすりもしません……」

「なんで引《ひ》き金《がね》を引《ひ》く前《まえ》から目《め》をつぶってるんだよ。当《あ》たるもんも当《あ》たらないだろ」

「うっ。そうなんだけど、あのパンッて音《おと》がちょっと苦手《にがて》で」

運動会《うんどうかい》のかけっこのピストルの音《おと》を思《おも》い出《だ》すっていうか？

ちょっと緊張《きんちょう》しちゃうんだよね。

「それに、何《なに》も考《かんが》えずに適当《てきとう》に撃《う》っただろ。それじゃあダメだ。まずは獲物《えもの》を決《き》めないと」

獲物《えもの》……。どれがいいんだろう。オロオロと決《き》めかねていると、

「そうだなー。あれは？　たぬきのぬいぐるみ」

「だますんじゃなくてだまされそうな顔《かお》してるたぬき？」

「落葉《おちば》に似《に》てるじゃん」

**えええええええええっ。そうかなーっ。**

「だまされそうなたぬきみたいにすごくマヌケに見《み》えるってこと!?」

「だますヤツよりだまされるヤツの方《ほう》がいいだろ」

ううう。まあ、そう言《い》われればそうかも知《し》れないけれど……。

なんか納得《なっとく》がいかないなぁ。

ピストルを構《かま》えて撃《う》つが、ぜんぜん当《あ》たらない。

「お願《ねが》い！　当《あ》たってえええ！」

**パン！　パン！　パン！**

最後《さいご》に撃《う》った弾《たま》は少《すこ》しだけぬいぐるみにかすったけれど、５発目《はつめ》を撃《う》ちおわり残《のこ》りはもう１発《ぱつ》しかない。

どうしよう。あと１回《かい》で景品《けいひん》をとらないと失格《しっかく》になっちゃう！

「無道君《むどうくん》、出番《でばん》です！」

「アホ。まだオレの出番《でばん》じゃねぇよ」

えええっ。話《はなし》がちがうんじゃない!?　さっき最後《さいご》は助《たす》けてくれるって言《い》ってたのにー！

**「ほら。ピストルを持《も》って」**

無道君《むどうくん》にそう言《い》われ、わたしはおそるおそるピストルを持《も》ち直《なお》す。

「遠《とお》くに飛《と》ばすためには弾《たま》の詰《つ》め方《かた》も大事《だいじ》なんだよ」

「弾《たま》の詰《つ》め方《かた》？　考《かんが》えたこともなかった！」

「いや、考《かんが》えろって。コルクで銃口《じゅうこう》がきちんとふさがれていれば遠《とお》くに飛《と》ぶだろ。あとは構《かま》え方《かた》だな」

**うひゃあ！**

無道君《むどうくん》の手《て》がわたしの手《て》にふれて思《おも》わずドキリとする。

「肩《かた》の力《ちから》を抜《ぬ》いてリラックス。ピストルを持《も》つ手《て》を伸《の》ばして――」

**ひえええええっ。**無道君《むどうくん》がこんなに近《ちか》くにいらっしゃるのに、リラックスなんてできないよー！

**「よし。構《かま》えたらまっすぐに腕《うで》を伸《の》ばして前《まえ》を見《み》て」**

耳元《みみもと》に無道君《むどうくん》の吐息《といき》がかかり、ドキドキと心臓《しんぞう》が爆発《ばくはつ》しそうになる。

「おい。集中《しゅうちゅう》してるか」

スミマセン！　スミマセン！　この1発《ぱつ》に本気《ほんき》で集中《しゅうちゅう》しなきゃですよね！

わたしは大《おお》きく深呼吸《しんこきゅう》をして気持《きも》ちを落《お》ち着《つ》かせてから、再《ふたた》びピストルを構《かま》え直《なお》した。

**「ねらいを定《さだ》めて――よし、引《ひ》け」**

言《い》われた通《とお》りにエイヤと引《ひ》き金《がね》を引《ひ》くと、**パン！**　という乾《かわ》いた音《おと》の後《あと》にコロリと景品《けいひん》がゆっくり転《ころ》がる。

**「うわ！　無道君《むどうくん》！　当《あ》たった！　当《あ》たったよ！」**

わたしは嬉《うれ》しくなってピョンピョンとはねる。

「おおげさだな。そこまで喜《よろこ》ぶことか？」

「喜《よろこ》ぶことだよ！　だってわたし、生《う》まれて初《はじ》めて射的《しゃてき》で景品《けいひん》取《と》れた！　無道君《むどうくん》、ありがとう！」

戦利品《せんりひん》を抱《だ》きしめながら、無道君《むどうくん》に向《む》かってほほえむ。

「そーゆーかわいい顔《かお》は他《ほか》のヤツ……特《とく》に春人《はると》の前《まえ》では絶対《ぜったい》にするなよ」

そーゆーどんな顔《かお》だって？　とちゅう声《こえ》が小《ちい》さくなって聞《き》こえなかったよ！

「わかったか」

「う、うん」

よくわからないけれど、無道君《むどうくん》が真剣《しんけん》な顔《かお》で言《い》うもんだからとりあえずうなずいておく。

「まあ。オレの前《まえ》だけではいっぱい見《み》せて欲《ほ》しいんだけど」

「ん？　なんか言《い》った？」

「――っ、なんでもねぇ。そうだ、これやるよ」

無道君《むどうくん》はわたしにぬいぐるみを差《さ》し出《だ》し、強引《ごういん》に話題《わだい》を変《か》える。

**「え！　いいの!?　うれしい！！！」**

「そんなにそのクロヒョウ好《す》きかよ、目《め》つき悪《わる》いのに」

「そこがツボなんだよ！　きっとまわりにはクールなんだけど、本当《ほんとう》は優《やさ》しい子《こ》なんだよねー」

わたしはぬいぐるみに向《む》かい話《はな》しかけると、ギュッと抱《だ》きしめた。

**「な！　なにしてんだよ」**

「え？　ぬいぐるみを抱《だ》きしめただけだけど……。子《こ》どもっぽすぎてドン引《び》きした!?」

無道君《むどうくん》のあわてぶりを見《み》て、こっちまでパニックになってくる。

「別《べつ》に引《ひ》いたわけじゃねぇよ」

「じゃあ。ぬいぐるみで喜《よろこ》ぶなんて子《こ》どもっぽいと思《おも》って引《ひ》いた？」

「だ・か・ら。別《べつ》に引《ひ》いてないって」

「本当《ほんとう》に？」

おそるおそる確認《かくにん》すると、無道君《むどうくん》は目《め》をそらしながら「ああ」と告《つ》げる。

「**じゃあわたしもあげる!!** だまされやすそうなたぬきだけど……でもどうせいらないで——え？」

「——サンキュー」

無道君《むどうくん》がわたしの手《て》からぬいぐるみを受《う》け取《と》ったので、ビックリして声《こえ》が出《で》た。

「意外《いがい》。無道君《むどうくん》ってぬいぐるみが好《す》きなの」

「コイツは特別《とくべつ》」

優《やさ》しい瞳《ひとみ》で無道君《むどうくん》にそう言《い》われ、なぜかわたしの顔《かお》は急《きゅう》に赤《あか》くなるのでした。

## 11 そんな風《ふう》に言《い》わなくても！

あっと言《い》う間《ま》に日《ひ》も暮《く》れ、**ピーヒャラドンドン**というお囃子《はやし》の音《おと》が、縁日《えんにち》の雰囲気《ふんいき》をよりいっそう盛《も》り上《あ》げていた。

あれから無道君《むどうくん》と一緒《いっしょ》に、金魚《きんぎょ》すくいや輪投《わな》げなど色々《いろいろ》なミッションにチャレンジした。

無道君《むどうくん》は何《なに》をやっても完璧《かんぺき》だったけど、型抜《かたぬ》きだけはわたしの方《ほう》が上手《じょうず》だったんだよ。

**「こんな楽《たの》しい特別授業《とくべつじゅぎょう》なら、毎回《まいかい》やって欲《ほ》しいくらいだね」**

「現金《げんきん》なやつだなぁ」

わたしがぬいぐるみを抱《だ》きかかえながらヘラリと笑《わら》うと、無道君《むどうくん》はあきれたような声《こえ》を出《だ》す。

「でも運命《うんめい》の相手《あいて》とじゃなくたって、こんなに楽《たの》しめるんだもん。運命《うんめい》の相手《あいて》とだったら、どうなっちゃうんだろう。逆《ぎゃく》に緊張《きんちょう》しすぎて楽《たの》しめないのかなぁ」

はしゃいだ声《こえ》でそう言《い》うと、無道君《むどうくん》は一瞬《いっしゅん》にして無表情《むひょうじょう》になってだまり込《こ》む。

え？　わたし……なんか怒《おこ》らせるようなことを言《い》っちゃった？

「あの……。どうしたの？」

おそるおそる問《と》いかけると、はあっとため息《いき》をついてから無道君《むどうくん》はクシャリと自分《じぶん》の髪《かみ》をつかんだ。

「——**落葉《おちば》はさ。自分《じぶん》の運命《うんめい》の相手《あいて》がオレだとは思《おも》わないわけ？**」

「わ……わたしの運命《うんめい》の相手《あいて》が無道君《むどうくん》!? さすがにそんなおそれおおいこと考《かんが》えないよ。ちゃーんと天才学園《てんさいがくえん》のモブキャラだって、身《み》のほどをわきまえてるもん！」

こぶしを握《にぎ》りしめながら力説《りきせつ》するが、無道君《むどうくん》は再《ふた》びだまり込《こ》む。

「ほら！ 無道君《むどうくん》の相手《あいて》なら花火《はなび》さんみたいな女《おんな》の子《こ》がいいんじゃないかな？ 誰《だれ》がみたって『これが運命《うんめい》で結《むす》ばれた2人《ふたり》だ』って納得《なっとく》するよ。逆《ぎゃく》にわたしじゃ、絶対《ぜったい》に世間様《せけんさま》が納得《なっとく》しないって！」

アハハと笑《わら》いながらそう続《つづ》けると、無道君《むどうくん》の真剣《しんけん》な目《め》と視線《しせん》が合《あ》う。

無道君《むどうくん》はわたしに向《む》かって口《くち》を開《ひら》きかけてから、

「——**いいや。何《なん》でもない**」

と言《い》って、その言葉《ことば》を呑《の》み込《こ》んだ。

「ええっ。言《い》いかけたんだから、最後《さいご》まで話《はな》してよ！」

なんかすごく気《き》になって、気持《きも》ち悪《わる》いもの！

わたしにうながされ、無道君《むどうくん》は少《すこ》し考《かんが》えてから「じゃあ――」と再《ふたた》び口《くち》を開《ひら》く。

**「落葉《おちば》って自分《じぶん》の『運命《うんめい》の相手《あいて》』について考《かんが》えるのをやめてるよな。**言《い》っとくけど、おまえも特《とく》別授業《べつじゅぎょう》やってるんだぞ」

「うっ。それはそうだけど。そもそもこんな天才《てんさい》ばっかりが集《あつ》まっている学校《がっこう》にわたしの運命《うんめい》の相手《あいて》がいるはずないし。もしいたらビビビッてもう来《き》てるだろうし」

おずおずとそう告《つ》げると、無道君《むどうくん》は「なるほど」と言《い》いながら腕《うで》を組《く》む。

「一目見《ひとめみ》たらこの人《ひと》だってわかるような？」

「そうそう！　それそれ！」

「アホか」

ひ……ひどいっ。

そんな吐《は》き捨《す》てるように言《い》わなくてもいいじゃないーっ！

「落葉《おちば》の考《かんが》えだと、神様《かみさま》が決《き》めたビビビッと来《き》た相手《あいて》が運命《うんめい》ってことだろ？」

コクリとうなずくと、無道君《むどうくん》は自分《じぶん》の髪《かみ》をクシャクシャとかきまわしながら、大《おお》きなため息《いき》をついた。

「だろ？　それこそが自分《じぶん》で考《かんが》えることをやめてるってこと」

どういうこと？　自分《じぶん》の意思《いし》であらがえないのが『運命《うんめい》の相手《あいて》』じゃないの？

「ビビビッとこない理由《りゆう》を教《おし》えてやろうか？」

「ええええっ。それにも理由《りゆう》があるの!?」

もし理由《りゆう》があるのならば、そこはぜひとも知《し》っておきたいところです！

わたしはコクコクと大《おお》きくうなずきながら、無道君《むどうくん》の答《こた》えを待《ま》つ。

「ビビビッとこない理由《りゆう》は、運命《うんめい》の相手《あいて》に会《あ》ってないからじゃない。**それ以前《いぜん》に、落葉《おちば》は自分《じぶん》に自信《じしん》がないから、自分《じぶん》の気持《きも》ちに向《む》き合《あ》うことから無意識《むいしき》に逃《に》げてるだろ。それが原因《げんいん》だ**」

えーっ。無意識《むいしき》でのことならなおさらわからないよ！

だけど無道君《むどうくん》の言葉《ことば》の意味《いみ》が理解《りかい》できなくても、ものすごく心《こころ》の奥《おく》に刺《さ》さって——。

ムッとしてわたしは口《くち》を開《ひら》いた。

「じゃあ。無道君《むどうくん》は『運命《うんめい》の相手《あいて》』がどんな人《ひと》かわかってるってことだよね」

無道君《むどうくん》は「当然《とうぜん》だ」というようにうなずいた。

「自分《じぶん》が運命《うんめい》の相手《あいて》だと決《き》めたら、その人《ひと》が自分《じぶん》の運命《うんめい》の相手《あいて》なんだよ」

えっと……。どういう意味《いみ》？

頭《あたま》に？マークが浮《う》かびまくっているのを察《さっ》してか、無道君《むどうくん》はハアとめんどくさそうにため息《いき》をついた。

**「——だから。運命《うんめい》の相手《あいて》は自分《じぶん》で決《き》めていいんだよ」**

えええええっ、自分《じぶん》で決《き》める？　なんつーオレサマ思考《しこう》！

運命《うんめい》の相手《あいて》はいないって不安《ふあん》になっていたのもあって、うらめしそうな表情《ひょうじょう》になってしまう。

「……そりゃあ無道君《むどうくん》みたいな超絶《ちょうぜつ》ハイスペック様《さま》は自分《じぶん》で決《き》めた相手《あいて》が運命《うんめい》の相手《あいて》になっちゃうような選《えら》ばれし生《い》き物《もの》だと思《おも》うよ？　だけど、ふつうの人《ひと》は……少《すく》なくともわたしは違《ちが》う」

この中《なか》に運命《うんめい》の相手《あいて》はいないってわかるもん。動揺《どうよう》しつつも、わたしは無道君《むどうくん》を見《み》つめ返《かえ》した。

無道君《むどうくん》は「なんでわかんねーんだよ」と吐《は》き捨《す》てるような声《こえ》で言《い》う。

「スペックがどうとか、そんなの関係《かんけい》ねぇんだって。立場《たちば》とか全部《ぜんぶ》とっぱらった時《とき》に一番大事《いちばんだいじ》な人《ひと》は誰《だれ》かって聞《き》いてるんだよ」

「そ……それは……」

考《かん》えてみようとしたけれど、頭《あたま》が真《ま》っ白《しろ》になってしまって何《なに》も思《おも》い浮《う》かばない。

「おい、どうしたんだよ？」

反応《はんのう》しなくなったタブレットのようなわたしに、無道君《むどうくん》が声《こえ》をかける。

**「そんなの考《かんが》えられない！　全部《ぜんぶ》とっぱらうなんてムリだよ。だって立場《たちば》が違《ちが》うのは事実《じじつ》なんだし！」**

これ以上《いじょう》無道君《むどうくん》の言葉《ことば》を聞《き》くのが苦《くる》しくなって、わたしはギュッとぬいぐるみを抱《だ》きしめた。

「無道君《むどうくん》にはわたしの気持《きも》ちなんかわからない。だから——**もう知《し》らない！**」

なんでこんなに傷《きず》ついてしまうのか自分《じぶん》でもわからない。

だけど、向《む》き合《あ》いたくなかった気持《きも》ちを突然《とつぜん》、目《め》の前《まえ》に突《つ》き付《つ》けられたような気《き》がして……。

わたしはクルリときびすを返《かえ》し、無道君《むどうくん》に背《せ》を向《む》けて走《はし》りだしたのだった。

# 12 追《お》いかけてきたのは⁉

ハアハアハア。……フウ。

呼吸《こきゅう》をするのも忘《わす》れるくらいイッキにかけたが、ようやく足《あし》を止《と》める。

思《おも》いきり走《はし》ったせいかドクドクと心臓《しんぞう》が早鐘《はやがね》のように脈《みゃく》うっていた。

でも待《ま》って。わたしってばモヤモヤした気持《きも》ちに任《まか》せて、無道君《むどうくん》のこと置《お》き去《ざ》りにしちゃったんじゃない⁉

「**ど……どうしよう**。無意識《むいしき》とはいえ、大変《たいへん》なことしちゃった！」

冷静《れいせい》になってみたら、勝手《かって》に怒《おこ》って勝手《かって》に置《お》いていくなんて、わたしって何様《なにさま》⁉

先《さき》ほどのやりとりを思《おも》い返《かえ》し、アワワワと青《あお》ざめる。

すぐに無道君《むどうくん》のいるところに戻《もど》ってあやまった方《ほう》が良《い》いのはわかってる。

**だけど、またケンカになってしまう気《き》がして……**。

わたしの足《あし》は魔法《まほう》をかけられたみたいに動《うご》けない。

言《い》い様《よう》のない自己嫌悪《じこけんお》のような気持《きも》ちに飲《の》み込《こ》まれそうになっていると……。

「やっほ！　お姉《ねえ》さん、1人《ひとり》？　俺《おれ》と一緒《いっしょ》に遊《あそ》ばない？」

か……軽《かる》っ！

まるでマンガみたいな台詞《せりふ》でナンパする人《ひと》がいるんだなぁ。

感心《かんしん》しながらそんなことを思《おも》っていると、

「ねえ。無視《むし》しないで。お・ね・え・さん」

えええええええっ。わたしに言《い》ってたの？

ギョッとして声《こえ》のする方《ほう》をふり返《かえ》ると、プニッとわたしの頬《ほお》に誰《だれ》かの人差《ひとさ》し指《ゆび》がふれる。

「お姉《ねえ》さん。遊《あそ》びましょ」

そこにいたのは天川春人《あまかわはると》君《くん》。

キラキラのスマイルを浮《う》かべたあと、「ようやく見《み》つけた」と天川君《あまかわくん》はウィンクをした。

「なんだ。ビックリしたー。天川君《あまかわくん》かぁ」

ヘナヘナとしゃがみ込《こ》むと、

「なんだとは心外《しんがい》だなぁ。誰《だれ》だと思《おも》ったの」

「誰《だれ》とも思《おも》わなかったよ。何《なに》よりわたしにナンパみたいな真似《まね》する人《ひと》がいるとは思《おも》わなかったし」

「どうして？　今日《きょう》の落葉《おちば》ちゃん、とっても可愛《かわい》いよ」

馬子《まご》にも衣裳《いしょう》ってことだとはわかっているんだけど、ほめられれば素直《すなお》にうれしいよ。

それにしても天川君《あまかわくん》ってば！

改《あらた》めてつま先《さき》から頭《あたま》のてっぺんまで拝《おが》ませて頂《いただ》いたけど、浴衣《ゆかた》から王子様《おうじさま》オーラがもれてるよ！

「王子様《おうじさま》って、和装《わそう》も似合《にあ》うんだね」

「ん？　よくわからないけどほめてくれてるなら嬉《うれ》しいな」

ニッコリ。

ううっ。弱《よわ》っているからか天川君《あまかわくん》の笑顔《えがお》にいやされるよ！

「さ。行《い》こう？」

そう言《い》いながら、天川君《あまかわくん》はわたしに向《む》かって右手《みぎて》を差《さ》し出《だ》す。

「行《い》こうって、どこに？」

「縁日《えんにち》だよ。ずっと落葉《おちば》ちゃんのこと捜《さが》してたんだよ」

天川君《あまかわくん》の言葉《ことば》にビクッとからだをこわばらせた。

「ごめんなさい。わたし、天川君《あまかわくん》と一緒《いっしょ》に行《い》けない」

「どうして？」

「もう無道君《むどうくん》とペア組《く》んじゃったの。だから——」

どうしよう。せっかく捜《さが》してくれてたのに。

申《もう》し訳《わけ》ない気持《きも》ちでいっぱいになりながら頭《あたま》を下《さ》げると、

「なーんだ。そんなことか」

と、天川君《あまかわくん》はあっけらかんとした口調《くちょう》でそう言《い》った。

「ええっ？　怒《おこ》らないの？」

「怒《おこ》る？　どうして？　約束《やくそく》したわけじゃなかったし。吹雪《ふぶき》に先《さき》を越《こ》されたのは俺《おれ》のせいなんだから、落葉《おちば》ちゃんに怒《おこ》るわけないでしょ？」

無道君《むどうくん》とケンカしたばかりのせいか、天川君《あまかわくん》の優《やさ》しい言葉《ことば》が胸《むね》にしみすぎる。

「ううっ。こんなポンコツなわたしを誘《さそ》ってくれて、本当《ほんとう》にありがとう」

そんなわたしを見《み》ていた天川君《あまかわくん》は、ブッと笑《わら》い出《だ》した。

「えっと……。どうして笑《わら》うの!?」

**「落葉《おちば》ちゃん、いつにも増《ま》して自信《じしん》なさすぎ」**

ぐぐっ、天川君《あまかわくん》までわたしが自分《じぶん》に自信《じしん》がないってわかってるんだ。

「それに吹雪《ふぶき》とケンカした？」

**「えええええっ、どうしてわかるの!?」**

驚《おどろ》くわたしを見《み》て「やっぱりね」と天川君《あまかわくん》はうなずく。

「ちぇっ。落葉《おちば》ちゃんとケンカできて、うらやましいなぁ」

「うらやましい!?　天川君《あまかわくん》はわたしとケンカしたいの？」

「落葉《おちば》ちゃんとなら何《なん》でもしたいよ。それにケンカするくらい吹雪《ふぶき》に気《き》を許《ゆる》してるってことでしょ。ムカつくなぁ」

口調《くちょう》は穏《おだ》やかながら、後半《こうはん》の言葉《ことば》を告《つ》げる天川君《あまかわくん》の目《め》は笑《わら》っていない。

**「ケンカしても大丈夫《だいじょうぶ》だよ。落葉《おちば》ちゃんには俺《おれ》がいるし」**

そう言《い》って天川君《あまかわくん》はわたしの頭《あたま》をポンポンとやさしくなでる。

「俺《おれ》だけじゃないよ。花火《はなび》もいるから、安心《あんしん》してケンカしなよ。それに吹雪《ふぶき》だって落葉《おちば》ちゃんの味方《みかた》だってわかってるでしょ」

「でも……」

今回《こんかい》はわたしが一方的《いっぽうてき》にケンカを売《う》ってしまったわけで、今《いま》までとはちがう。

「深《ふか》く考《かんが》えすぎ！　せっかくの縁日《えんにち》だよ？　ペアじゃなくたって、一緒《いっしょ》にまわろうよ。息抜《いきぬ》きだって必要《ひつよう》でしょ？」

**えええええええっ。そんなこと許《ゆる》されるの!?**

「そんなしょげた顔《かお》してたら、吹雪《ふぶき》も困《こま》っちゃうと思《おも》うよ。いま落葉《おちば》ちゃんに必要《ひつよう》なのは、息抜《いきぬ》きすること。だから一緒《いっしょ》にいっぱい楽《たの》しも？」

そういうものなのだろうか……。

100％《パーセント》納得《なっとく》はできないけれど、天川君《あまかわくん》の笑顔《えがお》と言葉《ことば》にホッと気《き》がゆるんだのか、**ギュルルル**とお腹《なか》が鳴《な》る。

**「落葉《おちば》ちゃんお腹《なか》すいてる？　じゃあ俺《おれ》の特殊能力《とくしゅのうりょく》を見《み》せちゃおっかな」**

天川君《あまかわくん》の特殊能力《とくしゅのうりょく》？

全然想像《ぜんぜんそうぞう》がつかないわたしは、その場《ば》で目《め》をパチパチと瞬《また》かせたのだった。

# 13 天川《あまかわ》君《くん》と縁日《えんにち》に!?

ただいまペア授業《じゅぎょう》2回目《かいめ》！

今回《こんかい》は自分《じぶん》たちでペアを決《き》め、その相手《あいて》と縁日《えんにち》をまわりながらミッションをクリアする特別授《とくべつじゅ》業《ぎょう》だったんだ。

わたしが組《く》むことになったのは、無道吹雪君《むどうふぶきくん》。

射的《しゃてき》をやったりして順調《じゅんちょう》にミッションをクリアしたんだけど、ひょんなことからケンカになってしまい――。

「落葉《おちば》ちゃん。なにむずかしい顔《かお》をしてるの」

声《こえ》をかけてくれたのはキラキラ王子《おうじ》・天川春人君《あまかわはるとくん》。

今《いま》はなぜか天川君《あまかわくん》と縁日《えんにち》をまわっている最中《さいちゅう》だったりします。

天川君《あまかわくん》によるとペア授業《じゅぎょう》のテストには反映《はんえい》されないけれど、ペア以外《いがい》の生徒《せいと》と縁日《えんにち》をまわってもいいみたい。（まあ、そんな事《こと》をしようと思《おも》う生徒《せいと》は天川君以外《あまかわくんいがい》いないと思《おも》うけどね……）

「落葉《おちば》ちゃん、お腹《なか》はどのくらいすいてる？」

「実《じつ》はけっこうペコペコなんだ」

最初《さいしょ》の特別授業《とくべつじゅぎょう》はハイキング。

相手《あいて》が貴船信長君《きふねのぶながくん》だったこともあり、緊張《きんちょう》でろくにごはんが食《た》べられなかった。しかも、2回《かい》目《め》のペア授業《じゅぎょう》もミッションに夢中《むちゅう》で食《た》べるタイミングがなかったんだ。（涙《なみだ》）

**「良《よ》かった。じゃあ安心《あんしん》だね」**

あ……安心《あんしん》？

天川君《あまかわくん》の言葉《ことば》の意味《いみ》がわからないでいると、彼《かれ》はニッコリ笑《わら》って屋台《やたい》へ走《はし》る。

「すみません。**ソースせんべい**ください」

「はいよ。じゃあ、このルーレットまわして」

そういって屋台《やたい》のおっちゃんはルーレットを指《ゆび》さす。

ルーレットの円盤《えんばん》には2枚《まい》、5枚《まい》、10枚《まい》、100枚《まい》という文字《もじ》が書《か》いてある。

枚数《まいすう》が少《すく》ないほど円《えん》の中《なか》での割合《わりあい》は大《おお》きく、100枚《まい》は5ミリの幅《はば》もない。

**「もしかして100枚当《まいあ》てるつもりなの!?　こんなの絶対《ぜったい》に無理《むり》だよ！」**

「チッチッチ。違《ちが》うよ、落葉《おちば》ちゃん。狙《ねら》うのはそっちじゃなくてココ」

天川君《あまかわくん》が指《ゆび》さしたのは、髪《かみ》の毛《け》くらいの太《ふと》さの線《せん》のところに書《か》いてある200枚《まい》。

ひえええっ、いくらなんでもコレは無理《むり》でしょ！

そう思《おも》っていると――。

**「大当《おおあ》たり……に……200枚《まい》いい！」**

「落葉《おちば》ちゃん。当《あ》たったよー」

うえええええっ。もしかして天川君《あまかわくん》一発《いっぱつ》で当《あ》てちゃったの⁉

「お腹《なか》すいてるなら200枚《まい》くらいいけるよね？」

たしかにソースせんべいってサクッとしていてあっと言《い》う間《ま》に食《た》べ終《お》わっちゃうものだけど
……。**さすがに200枚《まい》は多《おお》いと思《おも》いますよおおおっ⁉**

「他《ほか》には何《なに》が食《た》べたい？」

**ギャー！　次《つぎ》にまた200枚《まい》とか当《あ》たっちゃったら、お腹《なか》がハレツしちゃうよー！**

「ありがとう！　もうお腹《なか》いっぱい！」

必死《ひっし》の顔《かお》でそう告《つ》げると、天川君《あまかわくん》は「了解《りょうかい》」と言《い》ってクスクスと笑《わら》った。

「あ。**千本《ぼん》つり**だ。ちょっと待《ま》ってて」

『千本《ぼん》つり』は景品《けいひん》につながっているひもを1本選《ぽんえら》んで引《ひ》くゲームだ。

目玉商品《めだましょうひん》としてゲーム機《き》とか豪華景品《ごうかけいひん》がかざってあるけれど、本当《ほんとう》にゲットできる人《ひと》っているのかな？

**「おおお……大当《おおあ》たりりいいいい！　景品《けいひん》はゲーム機《き》だ！」**

いたああああ！　本当《ほんとう》に豪華景品《ごうかけいひん》をゲットされる方《かた》がいらっしゃったあああ！

「なんで、そんなに当《あ》たりまくるの⁉　はっ、もしかしてこれが特殊能力《とくしゅのうりょく》⁉」

わたしの反応《はんのう》を面白《おもしろ》がりながら、天川君《あまかわくん》は「そう」とうなずいた。

「むかしからそうなんだよねー。だから地元《じもと》だと俺《おれ》が近《ちか》づくと看板《かんばん》かくしちゃう」

うらやましい！　これぞ無欲《むよく》の勝利《しょうり》ってヤツ

なのかも！

わたしが当《あ》たらないのはきっと煩悩《ぼんのう》にまみれまくっているからなんだ。

そう思《おも》うとなんだか恥《は》ずかしくなってくる。

「どうしたの？」

「**いや……。当《あ》たれ当《あ》たれと念《ねん》じすぎるからわたしはダメなのかなって**」

「落葉《おちば》ちゃんらしくていいじゃん。はいこれもどうぞ」

「**うえええっ。**天川君《あまかわくん》はサンタさん？」

「そうかもねー」

天川君《あまかわくん》は、わたしの手《て》にキラリと葉《は》っぱ形《がた》のチャームが光《ひか》るネックレスをわたす。

「かわいい……。けど、クリスマスでもないのにプレゼントもらえないよ！」

「じゃあ。今《いま》は落葉《おちば》ちゃん専用《せんよう》のサンタクロースってことで。逆《ぎゃく》にもらってもらえないと困《こま》るよ。

落葉《おちば》ちゃんのために、必死《ひっし》で選《えら》んだんだから？」

ううっ。そう言《い》われると、気持《きも》ちがゆらぐ。

「俺《おれ》のこと助《たす》けると思《おも》って受《う》け取《と》ってくれる？」

天川君《あまかわくん》は『お願《ねが》い』というように両手《りょうて》をあわせて、わたしを見《み》る。

「こんな素敵《すてき》なネックレス、本当《ほんとう》にもらっていいの？」

「もちろん。落葉《おちば》ちゃんに似合《にあ》いそうだなと思《おも》って狙《ねら》ってたから。はい、うしろ向《む》いて」

天川君《あまかわくん》に言《い》われるがままに後《うし》ろをむくと、わたしの首《くび》にネックレスをつけてくれる。

**「思《おも》った通《とお》り。バッチリ」**

「本当《ほんとう》にありがとう。次《つぎ》は天川君《あまかわくん》へのお返《かえ》しを獲得《かくとく》しなきゃだね」

「俺《おれ》のことも考《かんが》えてくれてるの？　うれしいな」

天川君《あまかわくん》がうれしそうに笑《わら》うので、わたしは「当《あ》たり前《まえ》だよ！」と力説《りきせつ》する。

だけど、わたしがやったらハズレを連発《れんぱつ》しまくって……。

「ううう。ティッシュペーパーすら取《と》れず申《もう》し訳《わけ》ないです」

ションボリしながら天川君《あまかわくん》に頭《あたま》を下《さ》げると、彼《かれ》は首《くび》を横《よこ》にふる。

「大丈夫《だいじょうぶ》だよ。その気《き》になればここの豪華景品《ごうかけいひん》はぜんぶ取《と》ってみせるから。今《いま》からやってみるから見《み》てて」

天川君《あまかわくん》の言葉《ことば》に、千本《ぼん》つり屋《や》さんは「ギャッ」と悲鳴《ひめい》をあげる。

千本《ぼん》つり屋《や》さんから**『もうやめてくれえええええ！』**というオーラをビシバシと感《かん》じ、わたしは「あっ」と声《こえ》をあげ、天川君《あまかわくん》の動《うご》きを止《と》めた。

「何《なに》？」

「えーっと千本《ぼん》つりじゃないんだけど、わたしのおススメのゲームがあるの。よかったら、それをもらってくれる？」

「落葉《おちば》ちゃんのお気《き》に入《い》りなの？　それがいいな。だって一緒《いっしょ》に遊《あそ》べるし」

天川君《あまかわくん》の言葉《ことば》を聞《き》き、千本《ぼん》つり屋《や》さんが心底《しんそこ》ホッとした顔《かお》をしたのを、わたしは見逃《みのが》さなかった。

「そういえば2回目《かいめ》のペア授業《じゅぎょう》で天川君《あまかわくん》は誰《だれ》と組《く》んでたの？」

もしかして天川君《あまかわくん》もその人《ひと》とケンカしちゃったとか？

好奇心《こうきしん》で目《め》をクリクリさせながらそうたずねると、

「いないよ」

と天川君《あまかわくん》はあっけらかんと言《い》い放《はな》った。

「いないって……。はぐれちゃったとか？」

天川君《あまかわくん》ははぐれてないはぐれてないと、首《くび》をゆっくり横《よこ》にふる。

「ペア募集中《ぼしゅうちゅう》♡」

**「えええええええええ⁉」**

テヘッといたずらっこのようにウィンクする天川君《あまかわくん》の返答《へんとう》に、わたしは絶叫《ぜっきょう》する。

「まずは落葉《おちば》ちゃんとまわりたいじゃん？　ねえ？」

「いやいやいやっ！」

そんな悠長《ゆうちょう》なこと言《い》ってる場合《ばあい》じゃないから！

「あははは。落葉《おちば》ちゃんのあせった顔《かお》おもしろい」

もー！　わたしの顔《かお》なんぞどうでもいいんですってばー！（ヤケクソ）

「どうして天川君《あまかわくん》はあせらないいわけ⁉」

「だって俺《おれ》に声《こえ》かけられて断《ことわ》る子《こ》、いると思《おも》う？」

うっ。いないと思《おも》いますケド……。

でも自信満々《じしんまんまん》にそう言《い》われるとちょっと腹立《はらだ》たしいっ。

**「それに本当《ほんとう》に欲《ほ》しいものは、タイミングをはかって略奪《りゃくだつ》するし♪」**

ひっ。今《いま》キラキラした目《め》で物騒《ぶっそう》なことをおっしゃったような気《き》がしましたが、聞《き》き間違《まちが》いですよね⁉

と……とにかく！

**どどどどうしよう！　このままだと天川君《あまかわくん》が失格《しっかく》しちゃう！**

「わたしなんかと話《はな》してる場合《ばあい》じゃないよ！　わたしのことはいいから、ペアの相手《あいて》を探《さが》してきて！」

余裕《よゆう》しゃくしゃくの天川君《あまかわくん》に見《み》えたから、まさかまだペアを見《み》つけていないなんて思《おも》ってもみなかった。

「かなりスタンプがたまってるから、わたしのカードを天川君《あまかわくん》のカードと交換《こうかん》できれば良《よ》かったのに」

無道君《むどうくん》の大活躍《だいかつやく》のおかげで、わたしもビックリするくらいたくさんのスタンプを集《あつ》めることができたんだ。

「**落葉《おちば》ちゃんが失格《しっかく》になるようなこと、絶対《ぜったい》にダメ**」

「そうだよね。わたしだけでなくバレたら天川君《あまかわくん》まで怒《おこ》られちゃうよね」

「そうじゃなくて。落葉《おちば》ちゃんには絶対《ぜったい》に受《う》かって欲《ほ》しいってこと」

まじめな顔《かお》で言《い》われ、思《おも》わず頬《ほお》が熱《あつ》くなる。

「ありがとう。それは……わたしだって同《おな》じだよ。天川君《あまかわくん》には絶対《ぜったい》に合格《ごうかく》して欲《ほ》しい。ずっと一緒《いっしょ》にいたいし」

「この話《はなし》はここまでにして。ね、今度《こんど》はかき氷《ごおり》食《た》べない？」

**「食《た》べません！」**

クワッと般若《はんにゃ》のような形相《ぎょうそう》でわたしは食《く》い気味《ぎみ》に天川君《あまかわくん》に向《む》かって吠《ほ》えた。

「あはは。落葉《おちば》ちゃんのいろんな顔《かお》が見《み》られて楽《たの》しいな。大丈夫《だいじょうぶ》だから、もうちょっと一緒《いっしょ》に遊《あそ》んじゃお？」

こ・の・ひ・と！　ほんとにも――――!!　人《ひと》の気《き》もしらないで！

**「わかった。――わたしも一緒《いっしょ》に探《さが》す」**

「落葉《おちば》ちゃんも？」

また面白《おもしろ》いことを思《おも》いつくなとばかりに、そう宣言《せんげん》したわたしを見《み》て天川君《あまかわくん》は目《め》を細《ほそ》める。

**「そう！　わたしが責任《せきにん》もって天川君《あまかわくん》のペアの相手《あいて》を探《さが》すから！」**

「――それはそれでちょっと複雑《ふくざつ》だけど」

決意《けつい》にもえるわたしの耳《みみ》に、天川君《あまかわくん》の言葉《ことば》は届《とど》かないのでありました。

## 14 みんなはどこに!?

天川君《あまかわくん》の手《て》を引《ひ》っぱって一緒《いっしょ》に走《はし》り出《だ》してから数分後《すうふんご》。

わたしは意《い》を決《けっ》して切《き》り出《だ》した。

「あの……とっても言《い》いづらいんだけど」

「どうぞ?」

**「ペアが決《き》まってない生徒《せいと》たちってどこにいると思《おも》う!?」**

ひーっ。そうなんです!

天川君《あまかわくん》のペアを見《み》つけるために動《うご》き出《だ》したけど、そのあとはノープランだったんだよね。

「どこかあてがあったんじゃないの?」

「あそこにいたら、本当《ほんとう》にかき氷《ごおり》食《た》べちゃうような気《き》がして」

「それは間違《まちが》いなく食《た》べてるね」

まじめな顔《かお》でそう告《つ》げる天川君《あまかわくん》をわたしはマジマジと見《み》つめた。

「まだペアが決《き》まってないっていうのに、どうしてそんなに楽《たの》しそうなの？」

早《はや》くペアを決《き》めて縁日《えんにち》をまわらないと、失格《しっかく》になっちゃうのに！

天川君《あまかわくん》はわたしの考《かんが》えがわかるのか、ニッコリと笑《わら》う。

「そりゃペア授業《じゅぎょう》は大事《だいじ》だよ。でも今《いま》、情熱的《じょうねつてき》に落葉《おちば》ちゃんに手《て》を引《ひ》かれてまわる縁日《えんにち》だって俺《おれ》にとっては同《おな》じくらい大事《だいじ》な時間《じかん》だからさ」

わっ。勢《いきお》いにまかせて手《て》をつかんじゃってた。

「急《きゅう》につかんでごめん。……え？　あれ？」

ブンブンと力強《ちからづよ》く手《て》をふるが、天川君《あまかわくん》の手《て》とわたしの手《て》は磁石《じしゃく》のようにくっついたまま。

「ちゃんと捕《つか》まえていてくれないと逃《に》げちゃうかもよ？」

**うっ。そう言《い》われると手《て》を離《はな》しづらくなるじゃないですかーっ！**

「天川君《あまかわくん》の相手《あいて》が見《み》つかるまでだよ」

「やった」

そんなによろこぶことじゃないのに！

こんな時《とき》でも余裕《よゆう》しゃくしゃくで、本当《ほんとう》に大物《おおもの》だなぁ。

「ところでまだペアが決《き》まってない人《ひと》たちがいきそうな場所《ばしょ》に心当《こころあ》たりある？」

天川君《あまかわくん》はそうだなぁと考《かんが》えるように空《そら》をみあげる。

「まぁ。１人《ひとり》で屋台《やたい》の近《ちか》くにはいないんじゃないかな」

そっか。縁日《えんにち》をまわっているのは、すでに決《き》まった相手《あいて》がいる人《ひと》だもんね。

「そしたらその逆《ぎゃく》の人《ひと》が少《すく》なそうなところに行《い》ってみる？」

静《しず》かそうなところと言《い》えば……。

**「このへんに神社《じんじゃ》とかってあるかな？」**

「神社《じんじゃ》？」

天川君《あまかわくん》に聞《き》き返《かえ》され、わたしは「うん」とうなずいた。

「ほら。相手《あいて》が見《み》つかるように神様《かみさま》にお願《ねが》いしたくなるかなって思《おも》って」

わたしだったら、神様《かみさま》に頼《たの》みたくなるもの！

「わかった。じゃあ神社《じんじゃ》に行《い》ってみよう」

天川君《あまかわくん》の言葉《ことば》に背中《せなか》をおされ、わたしたちは神社《じんじゃ》へと向《む》かったのだった。

# 15 見《み》つけました！

屋台《やたい》の出《で》ていたにぎやかなゾーンを通《とお》り越《こ》すと、とたんにシンと静《しず》かになる。

境内《けいだい》に着《つ》くとさっきまでの熱気《ねっき》がなくなり、空気《くうき》も少《すこ》しひんやりしていて気持《きも》ちがいい。


**「――あ。いた！」**


浴衣姿《ゆかたすがた》で境内《けいだい》にしゃがみ込《こ》んでいる人《ひと》たちを発見《はっけん》！

「わー。だいぶいるなぁ」

もっと少《すく》ないと思《おも》っていたのに、なんだかペアになっていなそうな生徒《せいと》たちが、いっぱいいるんですけど！

薄暗《うすぐら》いながらも顔《かお》つきがこわばっていたり、イライラしたりしているのが見《み》てとれる。

「あの……。何《なに》してるんですか？」

3人《にん》でかたまって座《すわ》っている女《おんな》の子《こ》たちに向《む》かい、おそるおそるたずねる。

「見《み》てわかんないの。ボイコットよ」

ボイコット⁉

女子生徒《じょしせいと》の口《くち》から飛《と》び出《だ》した言葉《ことば》に、わたしはビックリして口元《くちもと》を押《お》さえた。

「ボイコットしたら失格《しっかく》しちゃいませんか？」

**「うるさいな！　そんなのわかってるわよ！」**

先《さき》ほど答《こた》えた子《こ》とは別《べつ》のショートボブの女《おんな》の子《こ》が、そう叫《さけ》ぶ。

「ひーっ。スミマセン！」

すごい剣幕《けんまく》で怒鳴《どな》られ、わたしは何度《なんど》も何《なん》度《ど》も頭《あたま》を下《さ》げる。

「わたしたちだって失格《しっかく》なんかしたくない。あーあ。早《はや》く王子様《おうじさま》が現《あらわ》れないかな」

「「本当《ほんとう》、それ！」」

眼鏡《めがね》の子《こ》がそう言《い》うと、他《ほか》の2人《ふたり》はまったくだと言《い》うように大《おお》きくうなずいた。

「王子様《おうじさま》はまだ現《あらわ》れてないってことですか？」

「そうよ。だって誰《だれ》にもビビッてきてないもの」

「「本当《ほんとう》、それ！」」

「私《わたし》たちの運命《うんめい》の相手《あいて》ってどんくさくない？　早《はや》く見《み》つけてくれないと困《こま》るんだよなぁ」

キャッキャと笑《わら》う姿《すがた》を見《み》て思《おも》った。

もしかして……これが無道君《むどうくん》が言《い》っていた自分《じぶん》で考《かんが》えることをやめてるってこと？

たしかに自分《じぶん》では何《なに》もせず、運命《うんめい》の相手《あいて》が自分《じぶん》を見《み》つけてくれるって思《おも》ってるのって……。ちょっと他人任《ひとまか》せなのかも知《し》れない。

さっきまではぜんぜんわからなかった言葉《ことば》の意味《いみ》が、今《いま》ようやくわかってくる。

「——でも自分《じぶん》の気持《きも》ちに向《む》き合《あ》うっていうのは、どうすればいいんだろう」

「「は？」」

「いや。『運命《うんめい》の相手《あいて》』を見《み》つけるには自分《じぶん》の気持《きも》ちと向《む》き合《あ》わないといけないって言《い》われて」

「向《む》き合《あ》うって意味《いみ》わからない」

**「わたしもわからないんです！　だから助《たす》けると思《おも》って一緒《いっしょ》に考《かんが》えてみてくれませんか？」**

迫力《はくりょく》に負《ま》け顔《かお》を引《ひ》きつらせる女子《じょし》3人組《にんぐみ》。

「まあ、一番譲《いちばんゆず》れないところは3人一緒《にんいっしょ》に決《き》まりたいってことかな」

「3人一緒《にんいっしょ》？　それはどういう……」

「あたしたちは強《つよ》い絆《きずな》で結《むす》ばれた親友同士《しんゆうどうし》なの。だからペアが決《き》まってもそこは変《か》えたくないの。まあムリだろうけど」

「やっぱりボイコットなんてもったいない！　それなら相手《あいて》も3人組《にんぐみ》で探《さが》してみてはどうですか？　例《たと》えばあっちにいる3人組《にんぐみ》とか」

「**はあっ⁉　なんでこっちからお願《ねが》いしなきゃいけないの⁉**」

「でももしここで失格《しっかく》になったら、3人《にん》は退学《たいがく》になってもう会《あ》えないかも知《し》れないですよ」

**「「「それはイヤ！！！！！」」」**と叫《さけ》ぶ女子《じょし》3人《にん》。

「そもそもなんで水口《みずぐち》さんがそこまでおせっかいやくの？　意味《いみ》わからない」

「わたしの個人的《こじんてき》な夢《ゆめ》なんだけど、せっかく同《おな》じ学校《がっこう》に入学《にゅうがく》できたんだもの。これからもっと皆《みんな》と仲良《なかよ》くなって、みんなで卒業《そつぎょう》したいんです」

日本中《にほんじゅう》にたくさんの学校《がっこう》がある中《なか》で、こうして同《おな》じ学校《がっこう》の同級生《どうきゅうせい》になることだって、ある意味《いみ》、運命《うんめい》みたいなものかなって思《おも》うから。

「わかった……。もうちょっと待《ま》って。まだ決心《けっしん》がつかないというか」

「おーい！　こっち3人《にん》、ちょっとそっちに合流《ごうりゅう》してもいい？」

というか天川君《あまかわくん》、いつのまにそっちへ行《い》って交渉《こうしょう》してたの!?

「みんな敵《てき》だって思《おも》ってたのに……水口《みずぐち》さんって本当《ほんとう》に変《か》わってるわね」

「——ありがとう」

女子生徒《じょしせいと》が目《め》をそらしながら言《い》うと、他《ほか》の2人《ふたり》も小《ちい》さくうなずく。

気持《きも》ちが通《つう》じたのがうれしくて「こちらこそありがとう」とお礼《れい》を言《い》った。

「あの……。水口《みずぐち》さん、さっきの見《み》てたんだけど……。私《わたし》の相談《そうだん》にも乗《の》ってくれる？」

「わたしで良《よ》ければもちろん。全員《ぜんいん》で合格《ごうかく》しよう！」

そう言《い》ってから、わたしは天川君《あまかわくん》のペアの相手《あいて》を探《さが》してたことを思《おも》い出《だ》す。

「落葉《おちば》ちゃん。俺《おれ》は男子《だんし》の方《ほう》に声《こえ》かけてくればいい？」

「いやいや。天川君《あまかわくん》はいいから！」

まずは自分《じぶん》のペアを探《さが》すことの方《ほう》が大事《だいじ》でしょ！

「まあ。俺《おれ》は何《なん》とかなるから。みんなで合格《ごうかく》したいんでしょ。こういうのは手分《てわ》けした方《ほう》がいいでしょ」

ううっ。天使《てんし》！　王子《おうじ》なだけでなく天使《てんし》！

そうしてわたしたちは、その場《ば》にいた生徒《せいと》たちを説得《せっとく》していったのだった。

「――ふう。ようやくここにいる全員《ぜんいん》ペアが見《み》つかった」

やっぱりみんな自分《じぶん》から声《こえ》をかけるのが難《むずか》しかったみたいでね。

どんどんペアが決《き》まっていったんだ。

「ふー。本当《ほんとう》に良《よ》かった」

最初《さいしょ》は気乗《きの》りがしない反応《はんのう》を見《み》せていた生徒《せいと》たちも、実際《じっさい》にペアが決《き》まるとうれしそうに縁日《えんにち》へと出《で》かけていった。

「天川君《あまかわくん》のこと神様《かみさま》って言《い》って手《て》を合《あ》わせてた男《おとこ》の子《こ》たちがいたよね」

その時《とき》の様子《ようす》を思《おも》い出《だ》し、わたしも感謝《かんしゃ》の気持《きも》ちをこめて、天川君《あまかわくん》に向《む》かって手《て》を合《あ》わせる。

「拝《おが》まれるよりキスとかの方《ほう》がいいんだけど」

「ん？」

「なんでもありませーん」

降参《こうさん》のポーズをしながら、天川君《あまかわくん》はほほえんだのでした。

# 16 まさかのペア誕生《たんじょう》!?

「そうだ。天川君《あまかわくん》のお相手《あいて》は誰《だれ》になったの?」

「相談《そうだん》に乗《の》っているうちに、相手《あいて》がいなくなっちゃった」

**えええええええええええええええええっ!**

「わ……わたしは、とんでもないことを!」

ひいっと息《いき》をのんでから、わたしはしゃがみこんで土下座《どげざ》しようとする。

「うわっ。落葉《おちば》ちゃん、土下座《どげざ》とかしないで! 俺《おれ》も途中《とちゅう》から楽《たの》しくなっちゃったから」

「探《さが》す! 今《いま》すぐ探《さが》してくる!」

あわてつつも天使《てんし》のような天川君《あまかわくん》に向《む》かい涙目《なみだめ》でそう伝《つた》えると、彼《かれ》はふっとほほえむ。

**「それより。今《いま》から俺《おれ》とペアを組《く》まない?」**

さっきまでと同《おな》じ優《やさ》しい口調《くちょう》なのに——。

急《きゅう》に雰囲気《ふんいき》が変《か》わったような気《き》がして、わたしは一瞬《いっしゅん》ドキリとする。

「え？」

「ペアを途中《とちゅう》でチェンジしちゃいけないとは言《い》われてなかったかなと思《おも》って
た……たしかにそれは言《い》ってなかったかもしれないけど。

さっき言《い》ってた略奪《りゃくだつ》って……もしかして、**わたしのことでしょうかあああああ!?**

「ね。落葉《おちば》ちゃん。今度《こんど》は俺《おれ》を助《たす》けると思《おも》ってさ」

天川君《あまかわくん》の濡《ぬ》れたような瞳《ひとみ》にドギマギしてしまい、わたしは思《おも》わず固《かた》まる。

「……い……い……」

「いいよ？　やった」

**「いたあああああああああああ！」**

境内《けいだい》の向《む》こうに浴衣《ゆかた》の女《おんな》の子《こ》を発見《はっけん》！

「ちっ。もうちょっとだったのにな」

わたしは女《おんな》の子《こ》の方《ほう》に向《む》かって全力《ぜんりょく》でダッシュする。

「あの！　もしまだペアが決《き》まってないなら、天川君《あまかわくん》と組《く》みませんか！」

「——水口《みずぐち》……落葉《おちば》？」

驚《おどろ》いたようにそう呼《よ》んだのは、貴船君《きふねくん》の想《おも》い人《びと》の物部《もののべ》ヒミコさんだった。

## 17 物部《もののべ》さんとわたし

えーっとおさらいすると……。わたしたちは今《いま》、特別授業《とくべつじゅぎょう》の真《ま》っ最中《さいちゅう》。今《いま》は2回目《かいめ》のペア授業中《じゅぎょうちゅう》で、わたしたちは自力《じりき》でペアを見《み》つけ、この縁日《えんにち》でペア授業《じゅぎょう》を行《おこな》っていた。

天川君《あまかわくん》がまさかの誰《だれ》ともペアを組《く》んでないということで、一緒《いっしょ》に相手《あいて》を探《さが》すことにしたんだけど……。

まだペアが決《き》まっていない生徒《せいと》たちが沢山《たくさん》いて、おせっかいにもお手伝《てつだ》いをしていたところなんだ。

ところが他《ほか》の人《ひと》たちのペア探《さが》しに熱中《ねっちゅう》するあまり、天川君《あまかわくん》のペアだけ決《き》まっていない状況《じょうきょう》になっちゃって！

**どうしよう！**　と、あわてていたわたしが見《み》つけたのが、物部《もののべ》ヒミコさんだったたってわけだ。

でも物部《もののべ》さんのペアが決《き》まってないなんてことあるのかな？

こんな優秀《ゆうしゅう》な生徒《せいと》と誰《だれ》も組《く》んでいないなんて考《かんが》えられないもの。

まさかの人物《じんぶつ》の登場《とうじょう》に、わたしは目《め》をパチパチとしばたたかせた。

「——何《なに》をしておる」

「えっと……。物部《もののべ》さんのペアさんが、どこかにいらっしゃるのかなぁと思《おも》って」

あたりをキョロキョロしながら答《こた》えると、物部《もののべ》さんは少《すこ》しムッとした顔《かお》で、

「**我《われ》はまだ誰《だれ》ともペアを組《く》んでいない**」

と、答《こた》えた。

えっ。貴船君《きふねくん》、まだ誘《さそ》ってなかったの!?

でもさっきのペアが決《き》まってない人《ひと》たちの中《なか》にはいなかったし……。

「愉快《ゆかい》だとでも思《おも》ったのか」

「まさか！　てっきり貴船君《きふねくん》とペアになるとばかり思《おも》ってたからビックリして」

ジッとこちらをのぞき込《こ》む物部《もののべ》さんの視線《しせん》にたえられず、わたしは彼女《かのじょ》から目《め》をそらしながら早口《はやくち》でそうまくしたてた。

「なぜ、信長《のぶなが》が我《われ》とペアを組《く》むと思《おも》ったのじゃ。1回目《かいめ》のペア授業《じゅぎょう》で何《なに》か言《い》われたのか？」

「いやっ。なんと言《い》えばいいのか……**ひっ**」

ギュンと間合《まあ》いをつめられ、わたしは思《おも》わず悲鳴《ひめい》をあげる。

「水口落葉《みずぐちおちば》。答《こた》えよ」

「まあまあ。落《お》ち着《つ》いて。落葉《おちば》ちゃんが困《こま》ってるじゃん」

「――天川《あまかわ》」

ピリピリとした空気《くうき》をこわすようなのんびりとした声《こえ》で、天川君《あまかわくん》が間《あいだ》に入《はい》ってくる。

「貴様《きさま》と話《はな》すことは何《なに》もない。失《う》せろ」

「まあ、俺《おれ》もヒミコちゃんと話《はな》したいことはないけど。落葉《おちば》ちゃんを困《こま》らせるようなら話《はなし》は別《べつ》だよ」

「――おまえは水口落葉《みずぐちおちば》が好《す》きなのか？」

「うんっ。絶賛口説《ぜっさんくど》き中《ちゅう》」

あまりにも簡単《かんたん》な口調《くちょう》で即答《そくとう》するから、質問《しつもん》した物部《もののべ》さんの方《ほう》が絶句《ぜっく》しているじゃないですか！

**「なっ！　天川君《あまかわくん》、そうやってウソを言《い》わないでえええええ！」**

「いやいや。ウソじゃないから。本気《ほんき》だから……あの。ヒミコちゃん？」

「水口落葉《みずぐちおちば》。おまえは魔性《ましょう》の魅力《みりょく》の持《も》ち主《ぬし》なのか？」

ま……魔性《ましょう》!?

わたしのどこを見《み》たら、そのような言葉《ことば》が浮《う》かんでくるのでしょうか!?

**「魔性《ましょう》なんてとんでもない！　ただの一般《いっぱん》ピープル!!　天才学園《てんさいがくえん》のモブです！」**

「ウソをつくな」

「ウソなんかついてません。魔性《ましょう》だなんて……。何《なに》を根拠《こんきょ》にそんなことを考《かんが》えたんですか？」

「信長《のぶなが》の心《こころ》をつかんでいたではないか」

「え？」

物部《もののべ》さんがすねたような口調《くちょう》でそう言《い》ったので、わたしは心底《しんそこ》ビックリする。

「信長《のぶなが》は女《おんな》が苦手《にがて》だ。それなのに我以外《われいがい》にあんなに打《う》ち解《と》けた顔《かお》を見《み》せるなど……。**許《ゆる》しがたい**」

思《おも》い出《だ》したようにプリプリと怒《おこ》りだす物部《もののべ》さんを見《み》て、わたしと天川君《あまかわくん》は顔《かお》を見合《みあ》わせた。

えーっと。もしかして……。いやもしかしなくても……。

「物部《もののべ》さんって、貴船君《きふねくん》のこと好《す》きなんですか？」

**「な！……何《なに》をバカなことを！」**

真《ま》っ赤《か》になってあわてる顔《かお》は、「正解《せいかい》です」と言《い》っているようなものだ。

えーっ。すごい。じゃあ、2人《ふたり》は両想《りょうおも》いってこと!? 両想《りょうおも》いの人《ひと》はじめてみた！

心《こころ》の中《なか》の小《ちい》さなわたしはキャーキャーと1人《ひとり》で小躍《こおど》りする。

「何《なに》をニヤニヤしておる。無礼《ぶれい》だぞ」

「いや。それは……スミマセン」

物部《もののべ》さんはふっと顔《かお》をそむけ、

「今回《こんかい》の特別授業《とくべつじゅぎょう》でわかると思《おも》ってたんだがな」

と、つぶやいた。

「わかるって何《なに》がですか？」

「貴船信長《きふねのぶなが》が我《われ》の運命《うんめい》の相手《あいて》かどうか――だ」

もしかして物部《もののべ》さんでも『運命《うんめい》の相手《あいて》』はわからないの？

フッとあきらめたような笑《え》みを浮《う》かべる物部《もののべ》さんは、1人《ひとり》で孤独《こどく》と闘《たたか》っているように見《み》える。

その姿《すがた》がとってもつらそうで、わたしは彼女《かのじょ》の小《ちい》さな手《て》にそっと触《ふ》れた。

**「貴船君《きふねくん》と物部《もののべ》さんのこと、もっと教《おし》えてもらえませんか？」**

「我《われ》らは幼馴染《おさななじ》みだ」

へー！ そうなんだ！

「そして婚約者《こんやくしゃ》でもある」

えええええええええっ。婚約者《こんやくしゃ》⁉

エリートたちの世界《せかい》ではそんなことがあるって聞《き》いたことがあるけど、本当《ほんとう》なのか。

聞《き》かされた事実《じじつ》に興奮《こうふん》していると、ふと『――俺《おれ》が誘《さそ》ったら、アイツは断《ことわ》れないからな』という貴船君《きふねくん》の言葉《ことば》を思《おも》い出《だ》した。

そうか。あれはオレサマ的発言《てきはつげん》じゃなくって、物部《もののべ》さんの気持《きも》ちを考《かんが》えてのことだったのか。

「アイツが我《われ》をどう思《おも》っているかは聞《き》いた事《こと》がない。もし本当《ほんとう》にアイツが『運命《うんめい》の相手《あいて》』であれば、何《なに》かが変《か》わるかと思《おも》ったのだが……。**どうやら違《ちが》ったようだな**」

本当《ほんとう》は両想《りょうおも》いであっても、『運命《うんめい》の相手《あいて》』が誰《だれ》なのか悩《なや》むなんて……。

本当《ほんとう》にやっかいなミッションだと、わたしは改《あらた》めて思《おも》った。

「物部《もののべ》さん。『運命《うんめい》の相手《あいて》』って何《なん》だと思《おも》います？」

「自分以外《じぶんいがい》の大《おお》きな力《ちから》が働《はたら》き『これが運命《うんめい》だ』とわかってしまうものだろう？」

「わたしも最初《さいしょ》はそう思《おも》ってたんです。もしかしたらどこかで神様《かみさま》とか誰《だれ》かに『これが運命《うんめい》だよ』って決《き》めて欲《ほ》しかったのかも」

だって自分《じぶん》で決《き》めるのって怖《こわ》いし、ちがってたらはずかしいから。

「だけど……今物部《いまもののべ》さんと話《はな》していてハッキリわかりました。**わたし無道君《むどうくん》の言《い》う通《とお》り、『運命《うんめい》の相手《あいて》』って言葉《ことば》に甘《あま》えて逃《に》げてたんだなって**」

「どういう事《こと》じゃ？」

「怖《こわ》くてはずかしいから自分《じぶん》の本当《ほんとう》の気持《きも》ちや相手《あいて》の気持《きも》ちと向《む》き合《あ》うことから逃《に》げてたんです。だからもし物部《もののべ》さんが貴船君《きふねくん》のことを本気《ほんき》で好《す》きなら応援《おうえん》したいです。**わたしと一緒《いっしょ》に自分《じぶん》の気持《きも》ちと向《む》き合《あ》ってみませんか？**」

「一緒《いっしょ》に向《む》き合《あ》う……か。我《われ》はずっとおまえが理解《りかい》できぬ。どうして関係《かんけい》のない我《われ》にそこまで親《しん》身《み》になれるんだ」

「1人《ひとり》でわからないことは、誰《だれ》かと一緒《いっしょ》に考《かんが》えるのがいいと思《おも》うんです。そうすれば気《き》づかなかった可能性《かのうせい》の扉《とびら》が、たくさん開《ひら》くような気《き》がしませんか？」

「そうか……。たしかにおまえに会《あ》う前《まえ》と今《いま》では、我《われ》の思考《しこう》が変《か》わったように思《おも》う」

そう言《い》うと、物部《もののべ》さんはまっすぐにわたしの目《め》を見《み》つめた。

**「礼《れい》を言《い》う。我《われ》も、相手《あいて》ではなく、まずは自分《じぶん》の気持《きも》ちに素直《すなお》に向《む》き合《あ》うことにする」**

そう言《い》って物部《もののべ》さんは笑《わら》った。

その笑顔《えがお》は今《いま》までの人形《にんぎょう》のような笑顔《えがお》じゃなくって、年相応《としそうおう》の女《おんな》の子《こ》の笑顔《えがお》に見《み》えた。

「ま。ヒミコちゃんの気持《きも》ちもわからなくないけどね。そうだ、ヒミコちゃん。貴船《きふね》だって非常《ひじょう》事態《じたい》になれば普段《ふだん》は自分自身《じぶんじしん》も気《き》づかない本心《ほんしん》に気《き》づくかも知《し》れない。一緒《いっしょ》に組《く》んで貴船《きふね》の前《まえ》で盛大《せいだい》にイチャついてみない？」

「——そんなことをして意味《いみ》があるのか？」

天川君《あまかわくん》の作戦《さくせん》の意図《いと》を理解《りかい》しつつも、物部《もののべ》さんは不安《ふあん》そうに答《こた》えをにごす。

「良《い》いかも。それに意味《いみ》があるかどうかは、やってみないとわからないじゃないですか！」

「しかし……イチャつく……と言《い》われても……」

**「大丈夫《だいじょうぶ》です！　天川君《あまかわくん》はイチャイチャの天才《てんさい》です！　だまって任《まか》せていれば絶対《ぜったい》にうまくいきます！」**

「イチャイチャの天才《てんさい》……」

物部《もののべ》さんは怪訝《けげん》な顔《かお》で天川君《あまかわくん》を見《み》る。

「難《むずか》しく考《かんが》えることないよ。俺達《おれたち》が楽《たの》しそうにしてたら、それだけでイチャイチャ成功《せいこう》なんだから。——それに貴船《きふね》には借《か》りがあるから、ぜひとも俺《おれ》とペアを組《く》んで欲《ほ》しいかな」

「借《か》り？」

「そうそう。なんかすご————くムカつく気持《きも》ちにされたことがあるから、仕返《しかえ》し？」

もしかして天川君《あまかわくん》が言《い》う『借《か》り』って、いつぞやの貴船君《きふねくん》の挑発《ちょうはつ》のこと⁉

こっっっわ！　天川君《あまかわくん》にだけはうらまれないようにしようと、わたしは心《こころ》に誓《ちか》う。

「天川《あまかわ》。もっと慎重《しんちょう》にペアを選《えら》べ。次《つぎ》は告白《こくはく》だぞ」

物部《もののべ》さんにそう言《い》われると、天川《あまかわ》くんは笑顔《えがお》を作《つく》る。

「大丈夫大丈夫《だいじょうぶだいじょうぶ》。告白《こくはく》する相手《あいて》は最初《さいしょ》から決《き》めてるから。ねー、落葉《おちば》ちゃん」

え？　なんでわたしを見《み》るの⁉

**「それに俺《おれ》も普段《ふだん》は見《み》えない本心《ほんしん》を見《み》たい相手《あいて》がいるからさ」**

「――なるほどな」

ええええっ。物部《もののべ》さんは今《いま》の会話《かいわ》で、天川君《あまかわくん》が普段《ふだん》は見《み》えない本心《ほんしん》を見《み》たい人《ひと》がわかったの⁉

「――わかった。天川《あまかわ》、ペアを組《く》むぞ」

「了解《りょうかい》。それじゃあヒミコちゃんとペア授業《じゅぎょう》クリアしてくるから。じゃあね」

天川君《あまかわくん》は笑顔《えがお》でそういうと、一度《いちど》も振《ふ》り向《む》くことなくさっさと行《い》ってしまった。

**えーっ。**

さすがにちょっとあっさりしすぎじゃありませんか⁉

別《べつ》に何度《なんど》もふり返《かえ》って欲《ほ》しいわけじゃないけど、そっけなさ過《す》ぎてちょっとだけさみしい気持《きも》ちになる。

でもまぁ、とにかく天川君《あまかわくん》のペアが見《み》つかってよかった！

だけど、わたしの『運命《うんめい》の相手《あいて》』は、相変《あいか》わらずいっこうにわからないままでありました。

# 18 スタンプカードがない!?

最後《さいご》のペアである天川君《あまかわくん》と物部《もののべ》さんを見送《みおく》り、わたし1人《ひとり》だけになった。

シンとした神社《じんじゃ》に1人《ひとり》きりだと気《き》づくと、急《きゅう》に怖《こわ》くなってくる。

**「とにかく早《はや》く無道君《むどうくん》をさがしてあやまらなきゃ」**

よくよく考《かんが》えたら、今《いま》までの人生《じんせい》で一度《いちど》も自分《じぶん》から本気《ほんき》のケンカをしたことがなかったかも。

今思《いまおも》うとなんで無道君《むどうくん》に対《たい》してあんな態度《たいど》を取《と》っちゃったのか、自分《じぶん》で自分《じぶん》がわからない。

ただ、あのままだったら無道君《むどうくん》に会《あ》っても何《なに》を話《はな》していいのかわからなかったと思《おも》うけど……。

無道君《むどうくん》の言葉《ことば》の意味《いみ》が少《すこ》しだけわかった今《いま》なら、勇気《ゆうき》を出《だ》して話《はな》せる気《き》がする。

でも――。

「やっぱり怒《おこ》ってるかなぁ……」

無道君《むどうくん》に怒《おこ》られることを想像《そうぞう》するだけで、憂鬱《ゆううつ》な気持《きも》ちになる。

だけど……怒《おこ》られても仕方《しかた》ない！

「とにかくまずは無道君《むどうくん》を見《み》つけなきゃ」

ギュッと両手《りょうて》に力《ちから》をこめて自分《じぶん》をふるいたたせ、無道君《むどうくん》と別《わか》れた屋台《やたい》の方《ほう》へと戻《もど》っていく。

そういえばこのペア授業《じゅぎょう》の終了時間《しゅうりょうじかん》って何時《なんじ》だっけ？

「スタンプカードに書《か》いてあるかなぁ」

わたしは独《ひと》り言《ごと》を言《い》いながら、そっと浴衣《ゆかた》の袖《そで》に手《て》を入《い》れた。

「あれ？　わたし……カードどこに入《い》れたんだろ」

無道君《むどうくん》と1枚《まい》ずつペア授業《じゅぎょう》で配《くば》られたカード。

わたしの分《ぶん》のカードがない！

このカードは2人一緒《ふたりいっしょ》に1枚《まい》ずつ提出《ていしゅつ》しないと、ミッションクリアにならないのに。

**「……どうしよう。あのカードがないと無道君《むどうくん》も失格《しっかく》しちゃう」**

無道君《むどうくん》に迷惑《めいわく》をかけるわけにはいかない。

わたし1人《ひとり》で見《み》つけないと。

「もしかしたら……。境内《けいだい》で落《お》としたのかな？」

動《うご》き回《まわ》ったし暗《くら》かったから、あそこの可能性《かのうせい》が一番高《いちばんたか》い。

わたしはクルリと向《む》きを変《か》えると、もう一度神社《いちどじんじゃ》の方《ほう》に向《む》かって走《はし》りだしたのだった。

**どうしよう。——ない、ない、ない！**

はじめはスマホのライトで照《て》らしながらカードを捜《さが》していたんだけど、充電《じゅうでん》が切《き》れてあたりは真《ま》っ暗《くら》になってしまった。

もし集合時間《しゅうごうじかん》になったら、わたしだけじゃなくて無道君《むどうくん》まで失格《しっかく》になってしまう。

「どうしよう……」

涙《なみだ》でじわりと視界《しかい》がゆがむが、わたしは自分《じぶん》の腕《うで》で涙《なみだ》をぬぐってから、パンパンと両方《りょうほう》の頬《ほお》を叩《たた》いた。

「今《いま》は泣《な》き言《ごと》を言《い》ってる場合《ばあい》じゃない。絶対《ぜったい》に見《み》つけないと！」

無道君《むどうくん》はこんなところで失格《しっかく》して良《い》い人《ひと》じゃない！

誰《だれ》よりも優《やさ》しくて頼《たよ》りがいがあるわたしの——わたしの大事《だいじ》な人《ひと》だから！

浴衣《ゆかた》が汚《よご》れるのもかまわずに、はいつくばって境内《けいだい》の地面《じめん》や植《う》え込《こ》みを捜《さが》していると——。

**「何《なに》やってんだよ」**

急《きゅう》に声《こえ》がして、わたしはキョロキョロと辺《あた》りを見回《みまわ》す。

「む……無道君《むどうくん》？　どうしてここに？」

無道君《むどうくん》はしゃがみ込《こ》むわたしの前《まえ》までくると、そっと手《て》を差《さ》し出《だ》してくれる。

「早《はや》く立《た》てよ。せっかくの浴衣《ゆかた》が汚《よご》れるだろ」

わたしがおそるおそるその手《て》につかまると、グイッと引《ひ》き寄《よ》せられた。

言葉《ことば》はぶっきらぼうだったが、無道君《むどうくん》がわたしのことを心配《しんぱい》してくれているのがわかって……。

わたしは自分《じぶん》の不甲斐《ふがい》なさに泣《な》けてくる。

**「ううん。立《た》ち上《あ》がってる場合《ばあい》じゃないの。ごめんなさい。スタンプカードが見当《みあ》たらないの。本当《ほんとう》にごめん。**すぐに見《み》つけるから無道君《むどうくん》は座《すわ》って待《ま》ってて！」

「――」

無道君《むどうくん》、怒《おこ》ってるかな。それともあきれてる？

こわくて顔《かお》が見《み》られず目《め》をとじて下《した》を向《む》いていると、

「オレは大丈夫《だいじょうぶ》だから――頼《たの》むからそんな泣《な》きそうな顔《かお》をすんな」

と、無道君《むどうくん》はキッパリとした口調《くちょう》でそう告《つ》げた。

「……もし見《み》つからなかったら」

「見《み》つからなきゃ一緒《いっしょ》に失格《しっかく》してやるよ」

**「そーゆーこと軽々《かるがる》しく言《い》わないで！」**

「軽々《かるがる》しくなんて言《い》ってない。それにオレがこんなところで失格《しっかく》するようなヤツだと思《おも》うか？」

無道君《むどうくん》にそう問《と》いかけられ、わたしはフルフルと首《くび》を横《よこ》にふった。

**「落葉《おちば》が組《く》んでるのは最強《さいきょう》の無道吹雪様《むどうふぶきさま》だ。だから安心《あんしん》しろ」**

わたしは感動《かんどう》の涙《なみだ》がこぼれないようギュッと目《め》を閉《と》じ「ありがとう」と小《ちい》さな声《こえ》で告《つ》げた。

いつも無道君《むどうくん》はいろんな壁《かべ》を飛《と》び越《こ》えてわたしのそばにいてくれる。

助《たす》けてもらってばっかりだな。わたしも……無道君《むどうくん》を支《ささ》えられる人《ひと》になりたいな。

「あれ……なんであんなところに？」

無道君《むどうくん》が指《ゆび》さす方《ほう》を見《み》ると、木《き》の枝分《えだわ》かれした幹《みき》の上《うえ》にスタンプカードが隠《かく》すように置《お》いてある。

「あの置《お》き方《かた》……落《お》としたんじゃなくて、誰《だれ》かに盗《ぬす》まれたんじゃねぇか？」

**ええええっ。なんで⁉**

「落葉《おちば》のカードがなくなれば、オレを失格《しっかく》させることができるだろ」

「そうか！　無道君《むどうくん》からカードを奪《うば》うことは難《むずか》しくても、ボーッとしてるわたしならチョロいってことだね！」

力《ちから》いっぱいそう告《つ》げると、無道君《むどうくん》は「そんなに嬉《うれ》しそうな顔《かお》で言《い》うなよ」と苦笑《くしょう》した。

「ちょっと待《ま》ってて！　このくらいの高《たか》さなら登《のぼ》れそう」

「おい！　あぶねぇって、いったん止《と》まれ」

「……もうちょっとで——とれた！」

カードをとって無道君《むどうくん》にそう言《い》った瞬間《しゅんかん》、バランスをくずしてグラリと身体《からだ》が大《おお》きくかたむく。

**「危《あぶ》ない！」**

地面《じめん》に落《お》ちる！

そう思《おも》ったのに……。痛《いた》く……ない？

「……たく、本当《ほんとう》に目《め》が離《はな》せないな」

おそるおそる目《め》を開《あ》けると、無道君《むどうくん》の顔《かお》が近《ちか》くにある。

えっと……もしかしてお姫様抱《ひめさまだ》っこでキャッチされたとか⁉

**「うわあああああ。失礼《しつれい》しましたあああああああああああ！」**

「うおっ。暴《あば》れるな」

無道君《むどうくん》と一緒《いっしょ》にしりもちをつき、わたしたちは顔《かお》を見合《みあ》わせて笑《わら》った。

それにしても、無道君《むどうくん》はどうしてわたしの居場所《いばしょ》がわかったんだろう。

「なんで居場所《いばしょ》がわかったって顔《かお》してるな」

げ。気《き》づかれてる！

「だってスマホの電源《でんげん》も切《き》れてたんだよ。わからなくない？」

「オレが落葉《おちば》の運命《うんめい》の相手《あいて》だからなんじゃねーの？」

だから、モブのわたしに、そんなマンガみたいなことが起《お》きることなんてないんだって！

わたしがクスクスと1人《ひとり》で笑《わら》っていると、無道君《むどうくん》は不思議《ふしぎ》そうな顔《かお》をする。

「なに1人《ひとり》で笑《わら》ってるんだ、コラ」

「――そうだったら、うれしいなって思《おも》っただけ……です」

それを聞《き》いた無道君《むどうくん》は絶句《ぜっく》する。

「あの……何《なん》でだまるの？」

「いつもの落葉《おちば》だったら『ひい、とんでもない！』とか『モブのわたしが…』とか言《い》うだろ⁉

ちょっとの間《あいだ》に何《なに》があったんだよ」

と、驚《おどろ》いたように目《め》を丸《まる》くした。

さっき同《おな》じように境内《けいだい》で出会《であ》った３人組《にんぐみ》や物部《もののべ》さんと話《はな》しているうちに、無道君《むどうくん》の言《い》いたい事《こと》がわかったんだよって言《い》おうかと思《おも》ったけれど……。

「それは……秘密《ひみつ》。それより本当《ほんとう》にどうして居場所《いばしょ》がわかったの？」

いざ口《くち》にしようとしたらはずかしくなり、わたしはそっと話題《わだい》をそらす。

無道君《むどうくん》は無言《むごん》でわたしの顔《かお》を見《み》たあと、腕時計《うでどけい》をそっと指《ゆび》さした。

「一番初《いちばんはじ》めの特別授業《とくべつじゅぎょう》で落葉《おちば》に預《あず》けた時計《とけい》。それにGPS《ジーピーエス》機能《きのう》がついてる」

**えええええっ。そうだったの⁉**

「どんどん森《もり》の奥《おく》に入《はい》っていくからビビってきてみたらこれだよ」

ひええええっ。ぜんぜん気《き》づかなかった。

「じゃあ。ありがとう」

ペコリと頭《あたま》を下《さ》げると、「別《べつ》に何《なに》もしてねぇし」と居心地悪《いごこちわる》そうに自分《じぶん》の髪《かみ》をくしゃりとつかむ。

「そろそろ戻《もど》るか」

そう言《い》って歩《ある》きだそうとした無道君《むどうくん》に向《む》かい、

「あ！　待《ま》って！」

と、わたしは声《こえ》をかけた。

無道君《むどうくん》の下駄《げた》の鼻緒《はなお》が切《き》れかけているのに気《き》づいたからだ。

「わたし、手《て》ぬぐい持《も》ってるよ。とりあえずこれで結《むす》べば大丈夫《だいじょうぶ》」

「そういう落葉《おちば》こそ」

走《はし》り回《まわ》ったせいか、鼻緒《はなお》の当《あ》たっていた足《あし》の指《ゆび》の間《あいだ》がこすれて赤《あか》くなっていた。

「本当《ほんとう》は歩《ある》くとかなり痛《いた》いんじゃねぇの？」

今《いま》まで夢中《むちゅう》で気《き》づかなかったけど、言《い》われてみるとジンジンと痛《いた》みがましてくる。

「もう帰《かえ》るだけだし大丈夫《だいじょうぶ》だよ」

わたしが作《つく》り笑顔《えがお》でそう答《こた》えると――。

**「ほら。乗《の》れ」**

「え？」

「おぶってやる」

「いい！　いいよ！」

「鼻緒《はなお》のお礼《れい》」

「でも……」

「いいから。ちんたら歩《ある》いてたら遅《おく》れるぞ」

わたしは覚悟《かくご》を決《き》めてエイヤ！　と背中《せなか》に飛《と》び乗《の》った。

「うわっ、いきなり勢《いきお》いよく突進《とっしん》してくるな」

す……すみません！

無道君《むどうくん》は体勢《たいせい》を立《た》て直《なお》すと、わたしを背負《せお》ったまま歩《ある》き出《だ》す。

わたしも含《ふく》め、『運命《うんめい》の相手《あいて》』はどこからか降《ふ》ってくるもんだと思《おも》っていた。

だけど……。

無道君《むどうくん》と天川君《あまかわくん》は最初《さいしょ》から自分《じぶん》で決《き》めるっていう考《かんが》え方《かた》だった。

「――かっこいいなぁ」

自分《じぶん》で決《き》めるのって怖《こわ》いのに。

それができるなんて、やっぱり2人《ふたり》はすごい。

「なんだって？」

「ううん！　なんでもない……**うわっ！**」

**「危《あぶ》ない！」**

動揺《どうよう》をさとられないように身体《からだ》をそらしたせいで、無道君《むどうくん》までバランスをくずす。

「いつも本《ほん》っ当《とう》スミマセン」

何《なん》とか転《ころ》ばず踏《ふ》みとどまった無道君《むどうくん》にわたしは心《こころ》の底《そこ》からお詫《わ》びする。

「あやまるな。落葉《おちば》にあやまって欲《ほ》しいなんて思《おも》ってねーし」

何《なん》でもないというように告《つ》げる無道君《むどうくん》の背中《せなか》にギュッとつかまる。

「——一緒《いっしょ》にいると、また足引《あしひ》っ張《ぱ》っちゃうかも知《し》れないよ」

「どんどん引《ひ》っ張《ぱ》れ」

えええっ。どういうこと⁉

無道君《むどうくん》はいったん立《た》ち止《ど》まると、わたしを背中《せなか》からおろしてまっすぐ見《み》つめる。

**「オレは退屈《たいくつ》なのが一番嫌《いちばんきら》いなんだ。だから何《なに》しでかすかわからない落葉《おちば》といると楽《たの》しい。まっ、そんなわけで、どんどんやらかしてくれよ」**

「えええええええっ。待《ま》って待《ま》って！　それってほめてるの⁉」

なんだかけなされているような気《き》がするのは気《き》のせいでしょうか！

「わたし、目立《めだ》たずおとなしく学校生活《がっこうせいかつ》を送《おく》ることを目標《もくひょう》にしてるんだよ？」

「それは絶対《ぜったい》に無理《むり》だからあきらめろ」

**ガクッ。**

無道君《むどうくん》にキッパリと言《い》い切《き》られ、わたしはガクリとひざをついた。

「まったくいつもオーバーなヤツだな」

「常《つね》に全力《ぜんりょく》で生《い》きているということで」

そう告《つ》げたわたしに向《む》かい、無道君《むどうくん》は手《て》を差《さ》し出《だ》す。

**「落葉《おちば》のそーゆーところ好《す》きだ」**

「そーゆーところ？」

「目立《めだ》ちたくないって言《い》ってるくせに、自分《じぶん》からトラブルの渦《うず》に飛《と》び込《こ》んでいくところ」

げっ。自分的《じぶんてき》にはそんなつもりはまったくないんだけど、でももし無道君《むどうくん》の言《い》うことが本当《ほんとう》だとしたら――。

「わたしと友達《ともだち》でいるのが面倒《めんどう》くさくならない？」

「面倒《めんどう》なことって悪《わる》いことだけでもないだろ？」

無道君《むどうくん》に欠点《けってん》ではないと言《い》ってもらえて、認《みと》めてもらえたような気持《きも》ちになる。

「それに面倒《めんどう》ついでに言《い》ったら、今《いま》だって本当《ほんとう》は『本当《ほんとう》の運命《うんめい》の相手《あいて》って何《なん》だろう』とか、グルグル考《かんが》えてるんだろ？」

すごっ。どうしてわかるの⁉

「まぁ。おまえにはオレがいるし。オレだけじゃない、花火《はなび》や春人《はると》だっている。安心《あんしん》して悩《なや》め悩《なや》め」

そう言《い》ってニヤリと笑《わら》う無道君《むどうくん》の笑顔《えがお》が最強《さいきょう》すぎる。

無道君《むどうくん》の言《い》う通《とお》りだ。無道君《むどうくん》、花火《はなび》さん、天川君《あまかわくん》。

この3人《にん》がいてくれると思《おも》うだけで、いつのまにか勇気《ゆうき》がわいてくる。

「あ——そうか。天川君《あまかわくん》もわたしの面倒《めんどう》な性格《せいかく》が放《ほう》っておけなくて、さっき声《こえ》をかけてきてくれたのか」

「——春人《はると》がなんだって？」

わたしの呟《つぶや》きを聞《き》き逃《のが》さなかった無道君《むどうくん》が、眉《まゆ》をひそめながら聞《き》いてくる。

「わたしが心配《しんぱい》だったみたい。だから一緒《いっしょ》にペアを組《く》もうかって」

**「はあああああっ!?　落葉《おちば》はすでにオレとペア組《く》んでるだろうが！」**

無道君《むどうくん》の大声《おおごえ》にわたしはヒッと身体《からだ》をすくませる。

「そこはちゃんと言《い》ったよ！　だけど1人《ひとり》でいたわたしが心配《しんぱい》だったのか一緒《いっしょ》に縁日《えんにち》まわろって言《い》ってくれて。最後《さいご》には『略奪《りゃくだつ》♪』って冗談《じょうだん》言《い》ってて。天川君《あまかわくん》っておもしろいよね」

**「それ1ミリも笑《わら》えねーだろがあああっ！」**

ひいいいいいっ。なんでそんなに怒《おこ》るのおおおおお!?

怒《いか》り心頭《しんとう》に発《はっ》したという様子《ようす》の無道君《むどうくん》に向《む》かい、

「無道君《むどうくん》、おちついて。なにも天川君《あまかわくん》の冗談《じょうだん》にそこまで怒《おこ》らなくても……」

と呟《つぶや》くと、

**「あ・の・な！　春人《はると》の言動《げんどう》は断《だん》じて冗談《じょうだん》なんかじゃない！　最初《さいしょ》から100%《パーセント》本気《ほんき》でオレから落《おち》葉《ば》を略奪《りゃくだつ》するつもりだったんだ。その証拠《しょうこ》にアイツは誰《だれ》ともペアを組《く》まずにいただろ!?」**

「あはははは。まさか」

「まさかじゃない！　――本当《ほんとう》に油断《ゆだん》もすきもない奴《やつ》だぜ」

「気《き》にしすぎだよ。だって最後《さいご》は物部《もののべ》さんとペアを組《く》んでたし」

「春人《はると》のことだ。それも何《なに》か理由《りゆう》があるに決《き》まってる」

たしかに理由《りゆう》は、復讐《ふくしゅう》とあと他《ほか》にも言《い》っていたけれど……。

これ以上《いじょう》、無道君《むどうくん》を刺激《しげき》しないようにわたしは黙《だま》ることにする。

今回《こんかい》の授業《じゅぎょう》でわかったこともたくさんあったけれど、自分《じぶん》の『運命《うんめい》の相手《あいて》』はいぜんわからないまま――。

いろいろあった2回目《かいめ》のペア授業《じゅぎょう》が、終《お》わってしまったのだった。

## 19 わたしも混乱中《こんらんちゅう》です！

すべてのペア授業《じゅぎょう》が終《お》わると、あたりはすっかり暗《くら》くなっていた。

次《つぎ》の日《ひ》。

最終授業《さいしゅうじゅぎょう》がおこなわれる今日《きょう》を迎《むか》えた。

『最後《さいご》の特別授業《とくべつじゅぎょう》の説明《せつめい》をおこなう』

体育館《たいいくかん》に集《あつ》まったわたしたちは、キツネの仮面《かめん》をつけた女性《じょせい》の言葉《ことば》にジッと耳《みみ》を傾《かたむ》ける。

『そう不安《ふあん》になるな。最初《さいしょ》に説明《せつめい》した通《とお》り、最後《さいご》の特別授業《とくべつじゅぎょう》は夕方《ゆうがた》からはじまる後夜祭《こうやさい》で『告《こく》白《はく》』してもらう。諸君《しょくん》が『真《しん》の運命《うんめい》の相手《あいて》』と結《むす》ばれることを祈《いの》る』

そういうとモニタの映像《えいぞう》がブツリと消《き》え、画面《がめん》は真《ま》っ白《しろ》に戻《もど》ってしまった。

「では先生《せんせい》から補足《ほそく》の説明《せつめい》をするよ。告白《こくはく》タイムは後夜祭《こうやさい》……とすると、まだだいぶ時間《じかん》があるよね？　その間《あいだ》やってもらうことは――」

ゴクリと全員《ぜんいん》がかたずを呑《の》み、先生《せんせい》の言葉《ことば》の続《つづ》きを待《ま》つ。

**「やってもらうことは、ありません」**

ええええっ。どういうこと⁉

**「夕方《ゆうがた》までにじっくりと『運命《うんめい》の相手《あいて》』について考《かんが》えて告白《こくはく》に臨《のぞ》むように。それから誰《だれ》に告白《こくはく》するかを人《ひと》に聞《き》くのも自分《じぶん》から言《い》うのも禁止《きんし》。バレたら即退学《そくたいがく》と心得《こころえ》るように。告白《こくはく》は最初《さいしょ》にした者《もの》の点数《てんすう》が高《たか》く、後《うし》ろになればなるほど得点《とくてん》は低《ひく》くなる。そのあたりも考《かんが》えて実行《じっこう》するように」**

退学《たいがく》という言葉《ことば》に、ピリッと空気《くうき》が鋭《するど》くなる。

「それでは朝礼《ちょうれい》は以上《いじょう》です。みんなの健闘《けんとう》を祈《いの》ります」

先生《せんせい》は満面《まんめん》の笑《え》みでそういうと、体育館《たいいくかん》のステージから去《さ》っていった。

ええと。とにかく最後《さいご》の特別授業《とくべつじゅぎょう》が夕方《ゆうがた》っていうことはわかった。

ペア授業《じゅぎょう》で失格《しっかく》せずにここまでたどりついたは良《い》いけれど、自分《じぶん》の『運命《うんめい》の相手《あいて》』がわからないだけでなく、両想《りょうおも》いなのに今《いま》のままじゃ別《べつ》の人《ひと》を選《えら》んじゃいそうな貴船君《きふねくん》を説得《せっとく》して、物部《もののべ》さんとの恋《こい》を応援《おうえん》しなきゃだし！

いったい、わたしはどうすればいいのーっ⁉（涙《なみだ》）

**「水口落葉《みずぐちおちば》！　ちょっと来《こ》い！」**

わっ。いきなり貴船君《きふねくん》に腕《うで》をつかまれた。

**「な……なに!?」**

水飲《みずの》み場《ば》の方《ほう》に移動《いどう》すると、貴船君《きふねくん》は他《ほか》に誰《だれ》もいないかキョロキョロと確認《かくにん》してから口《くち》を開《ひら》いた。

「昨日《きのう》のアレはなんだ！」

「昨日《きのう》のアレ？」

ああそうか。物部《もののべ》さんと天川君《あまかわくん》の２人《ふたり》はペアを組《く》んでまわってたんだよね。

「ヒミコと天川《あまかわ》だ！　あの２人《ふたり》を見《み》た瞬間《しゅんかん》、今《いま》までに感《かん》じたことのない怒《いか》りがわいてきた。こんなのはじめてだぜ」

おおおっ。狙《ねら》い通《どお》り！

非常事態《ひじょうじたい》になって、貴船君《きふねくん》は自分自身《じぶんじしん》の気持《きも》ちにさらにはっきり気《き》づいたようだ。

「アイツらの仲睦《なかむつ》まじさと言《い》ったら……。**まさか付《つ》き合《あ》ってるんじゃ……**」

ブルブルと震《ふる》えている貴船君《きふねくん》に向《む》かい、

「じゃあ自分《じぶん》で聞《き》いてくれば？」

「協力《きょうりょく》するって言《い》っただろ！」

ギャッ。顔《かお》近《ち》っか！

貴船君《きふねくん》のドアップに、わたしはあわてて顔《かお》をそむける。

「なんかやましいことがあるな！」

**「ないです！　誓《ちか》って何《なに》もないです！」**

涙目《なみだめ》になりながら、わたしはそう叫《さけ》ぶ。

「そもそも天川《あまかわ》はゲテモノ好《ず》きでオマエにご執心《しゅうしん》なはずだろ？　なんでアイツとペアを組《く》まなかった。こうなったのはすべてオマエの責任《せきにん》なんじゃないか!?」

**むかー！**　それは完全《かんぜん》なる八《や》つ当《あ》たりだと思《おも》うのですが！

「じゃあ――やっぱり前《まえ》に言《い》った通《とお》り……ということではないでしょうか？」

こちらに向《む》けられる視線《しせん》がどんどん鋭《するど》くなっていくにつれて、わたしの声《こえ》は小《ちい》さくなっていく。

「なんだよ。ちゃんとハッキリ言《い》えよ」

いらだたしさを隠《かく》さぬまま貴船君《きふねくん》が言《い》うので、

「じゃあ言《い》わせてもらうけど……。**今《いま》さらそんなこと言《い》うなら、最初《さいしょ》に貴船君《きふねくん》が物部《もののべ》さんを誘《さそ》えばよかったと思《おも》います！**　２人《ふたり》は許嫁《いいなずけ》なんでしょ？」

「な……なんでそれを……」

「物部《もののべ》さんから聞《き》きました」

勢《いきお》いに任《まか》せて言《い》っちゃったけど、これって言《い》っても良《い》い範囲《はんい》だよね⁉

だって物部《もののべ》さんが貴船君《きふねくん》を好《す》きなことは伝《つた》わってないもん。セーフ！

自分《じぶん》で自分《じぶん》に判決《はんけつ》を出《だ》し、ホッと一安心《ひとあんしん》する。

「信《しん》じられない。ヒミコがそれを言《い》ったのか」

ちょっと戸惑《とまど》いながら、わたしは小《ちい》さくうなずいた。

「俺《おれ》が誘《さそ》えなかった理由《りゆう》はそれだよ」

え？　どれだって？

急《きゅう》にため息《いき》をつき独白《どくはく》する貴船君《きふねくん》の顔《かお》をマジマジとみる。

「――許嫁《いいなずけ》の俺《おれ》が誘《さそ》ったら、断《ことわ》れないだろ」

**「それは違《ちが》う」**

「え？」

わたしは意味《いみ》がわからないという顔《かお》をする貴船君《きふねくん》に向《む》かいハッキリと口《くち》を開《ひら》いた。

「貴船君《きふねくん》は自分《じぶん》の気持《きも》ちを伝《つた》えるのが怖《こわ》かったんでしょ」

**「な・ん・だ・とおおおおおおおおおおおおお！」**

**ひいいいっ！**　めちゃくちゃ怒《おこ》りはじめてしまいました！

だけど、2人《ふたり》が両想《りょうおも》いだって知《し》ったから、後悔《こうかい》してほしくない。

「わたしが許嫁《いいなずけ》の話《はなし》を聞《き》いたのは偶然《ぐうぜん》なの。境内《けいだい》にペアになってない男女《だんじょ》が集《あつ》まっててね。その中《なか》に物部《もののべ》さんがいたんだよ」

「——ヒミコが？　だって俺《おれ》が見《み》た時《とき》はもう何人《なんにん》かに声《こえ》をかけられてたぞ」

「断《ことわ》ったんじゃないかな」

きっと、貴船君《きふねくん》のために。

「物部《もののべ》さんは他《ほか》の人《ひと》たちがどんどんペアになっていく中《なか》、最後《さいご》まで1人《ひとり》だったよ」

「やっぱり天川《あまかわ》のことが好《す》きなんだな！」

得心《とくしん》がいったという顔《かお》をする貴船君《きふねくん》に、わたしはキーッと癇癪《かんしゃく》をおこしそうになる。

「もう！　今考《いまかんが》えるのはそこじゃない。次《つぎ》は告白《こくはく》だよ？　**最後《さいご》に貴船君《きふねくん》はちゃんと自分《じぶん》の本当《ほんとう》の気持《きも》ちを伝《つた》えた方《ほう》がいいと思《おも》う**」

そうすれば。お互《たが》い好《す》き同士《どうし》の2人《ふたり》は両想《りょうおも》いになれるんだから。

「バカか。オマエは」

「へ？」

思《おも》いきりハナで笑《わら》われ、わたしは目《め》をパチパチとしばたたかせた。

「この告白《こくはく》はただの告白《こくはく》じゃない。『特別授業《とくべつじゅぎょう》』だ」

「それが……なんだっていうの？」

**「本当《ほんとう》の気持《きも》ちを伝《つた》えて失敗《しっぱい》したら、退学《たいがく》だけでなく国外追放《こくがいついほう》。オマエが今言《いまい》ってることはたくさんの脱落者《だつらくしゃ》を生《う》むことだ。わかってんのか!?」**

たしかに告白《こくはく》が失敗《しっぱい》したら、ミッション失敗《しっぱい》になっちゃうから国外追放《こくがいついほう》される。

それはわたしだって絶対《ぜったい》にイヤだ。

でもやっぱり、効率《こうりつ》や確率《かくりつ》なんて考《かんが》えず、本当《ほんとう》の想《おも》いを口《くち》にして欲《ほ》しいと願《ねが》ってしまう。

わたしがそう願《ねが》うのは、本当《ほんとう》の気持《きも》ちにフタをして悩《なや》んでいる貴船君《きふねくん》や物部《もののべ》さんが、ものすごくつらそうに見《み》えるからだ。

もし自分《じぶん》の気持《きも》ちと違《ちが》う相手《あいて》を選《えら》んで『特別授業《とくべつじゅぎょう》』だけはクリアしても……。

そのあとで全員《ぜんいん》が自分《じぶん》の一番大事《いちばんだいじ》な人《ひと》をいつわったって思《おも》いながら過《す》ごすことになってしまったら、そっちの方《ほう》が後悔《こうかい》するんじゃないのかな。

だから貴船君《きふねくん》の言《い》う通《とお》り脱落者《だつらくしゃ》を生《う》みまくってしまう可能性《かのうせい》が高《たか》いとしても、まずは本当《ほんとう》にその選択《せんたく》でいいのか、もう一度《いちど》だけ考《かんが》えてみて欲《ほ》しい。

「オマエには世話《せわ》になったからな。どうしてもというなら告白《こくはく》は——いつか落《お》ち着《つ》いたら別《べつ》の時《とき》にする。それでいいだろ」

譲歩《じょうほ》してやったぞという顔《かお》をされ、わたしは唇《くちびる》をかみしめた。

「なんだよ。不服《ふふく》だって言《い》うのか？」

「**特別授業《とくべつじゅぎょう》でカップルが成立《せいりつ》しちゃったら、もう学校公認《がっこうこうにん》のペアになっちゃう可能性《かのうせい》ってないの？**」

「それは……」

「だって『運命《うんめい》の相手《あいて》』って言《い》ってるんだもん。授業《じゅぎょう》が終《お》わってすぐに解消《かいしょう》できないかも知《し》れないよ？」

「教《おし》えてくれよ。じゃあどうすればいいって言《い》うんだよ！」

貴船君《きふねくん》の悲痛《ひつう》な声《こえ》に、わたしはうつむきながら言葉《ことば》を続《つづ》けた。

「どうすればいいかは――わたしにもわからない」

「はあっ!?　わからないくせに、人《ひと》に偉《えら》そうに意見《いけん》してたのかよ」

軽《けい》べつしたというような視線《しせん》を感《かん》じ、わたしは再《ふたた》びグッと唇《くちびる》をかみしめた。

「だってわからないからこそ、こうやって話《はな》し合《あ》う方《ほう》がいいじゃん」

「話《はな》し合《あ》ったところで変《か》わらないだろ」

**「物部《もののべ》さんは……わかってくれたよ。相手《あいて》ではなく、まずは自分《じぶん》の気持《きも》ちに素直《すなお》に向《む》き合《あ》うって言《い》ってくれた」**

彼女《かのじょ》の名前《なまえ》を聞《き》いて、貴船君《きふねくん》の顔色《かおいろ》がかわる。

「ねえ。『特別授業《とくべつじゅぎょう》』をクリアするために相手《あいて》を選《えら》ぶんじゃなくて、本当《ほんとう》に自分《じぶん》が好《す》きだと思《おも》う人《ひと》に告白《こくはく》してみませんか？」

「そんな脱落《だつらく》するのが目《め》に見《み》えた賭《か》けに出《で》るヤツいるわけないだろ」

「**わたしがやります**」

「はあ!?　まだ相手《あいて》も決《き》まってないんだろう？」

ぐっ。それを言《い》われるとつらいけど……。

「でも、絶対《ぜったい》に告白《こくはく》の時《とき》までに本当《ほんとう》に運命《うんめい》の相手《あいて》だって思《おも》える人《ひと》を自分《じぶん》で決《き》める。そして――」

気持《きも》ちをかためるべく大《おお》きく呼吸《こきゅう》をし

てから、

「**自分《じぶん》の気持《きも》ちを無視《むし》する今《いま》の告白《こくはく》の流《なが》れを、わたしが変《か》えます**」

と言《い》った。

「告白《こくはく》の流《なが》れを変《か》える？　いったいどうやって」

「本当《ほんとう》に心《こころ》の底《そこ》から『運命《うんめい》の相手《あいて》』だって思《おも》える人《ひと》に、告白《こくはく》する。それだけです」

「それで何《なに》が変《か》わるんだよ？」

「わからない。変《か》わらないかも知《し》れない。でも、ちゃんと自分《じぶん》の気持《きも》ちに向《む》き合《あ》って告白《こくはく》する姿《すがた》を見《み》て、もしちょっとでもみんなが後悔《こうかい》せずに告白《こくはく》できるなら……。その時《とき》は貴船君《きふねくん》も勇気《ゆうき》を出《だ》して告白《こくはく》してね」

わたしは絶句《ぜっく》する貴船君《きふねくん》にそう告《つ》げたのだった。

# 20 友達《ともだち》を傷《きず》つける人《ひと》たちは許《ゆる》せません！

体育館《たいいくかん》で最後《さいご》の特別授業《とくべつじゅぎょう》の説明《せつめい》を受《う》けたあと、わたしたちは教室《きょうしつ》に戻《もど》った。

体育館《たいいくかん》から戻《もど》ったあとは誰《だれ》に言《い》われたわけでもないのに、男子《だんし》は男子《だんし》、女子《じょし》は女子《じょし》で教室《きょうしつ》に集《あつ》まっていた。

同性《どうせい》だけということもあり、**「もう最悪《さいあく》！」「絶対《ぜったい》ムリなんだけど！」**などなど……。

みんな口々《くちぐち》に愚痴《ぐち》やら文句《もんく》やら泣《な》き言《ごと》を言《い》っていた。

でもそう言《い》いながらも、誰《だれ》が誰《だれ》に告白《こくはく》するのかを探《さぐ》り合《あ》っているような雰囲気《ふんいき》で。

非っっ常《じょう》に空気《くうき》が悪《わる》いです！（悲鳴《ひめい》）

「**あー。この場合《ばあい》、花火《はなび》さんはいいわよね**」

クラスメイトの数人《すうにん》が、花火《はなび》さんの机《つくえ》の前《まえ》に集《あつ》まっていく。

「花火《はなび》さんに告白《こくはく》されて、断《ことわ》る人《ひと》なんていているはずないもの」

「花火《はなび》さんとだけは告白《こくはく》の相手《あいて》がかぶりたくないわ！」

「ねえ、誰《だれ》にするかちょっとだけヒントを教《おし》えて？」

拝《おが》むようなポーズをする女子《じょし》もいるが、目《め》はギラギラとしていて本気度《ほんきど》はＭＡＸ《マックス》だ。

「ヒントなんて教《おし》えたら規則違反《きそくいはん》になるでしょ？」

教室《きょうしつ》にただよう雰囲気《ふんいき》にいたたまれなくなり、

「**あの！**」

と、思《おも》わず大《おお》きな声《こえ》を出《だ》していた。

「不安《ふあん》なのはわかるけど！　そーゆーのやめませんか？」

ドキドキしながら、わたしは小《ちい》さな声《こえ》でそう言《い》う。

シンと一瞬《いっしゅん》、教室《きょうしつ》の空気《くうき》が冷《つめ》たくなる。

カッとしてわたしは花火《はなび》さんの机《つくえ》の前《まえ》までツカツカと歩《ある》く。

「言《い》っておくけど、花火《はなび》さんはこう見《み》えてすごく残念《ざんねん》な美人《びじん》なんです！」

「はあ？」

女子生徒《じょしせいと》たちはあきれたような声《こえ》を出《だ》す。

「けっこう暴走体質《ぼうそうたいしつ》だし、モテすぎて告白《こくはく》されても、ハッキリ断《ことわ》って逆恨《さかうら》みされたりとか。いろいろイヤな思《おも》いをした分《ぶん》、こんな時《とき》に身動《みうご》き取《と》れなくなっちゃうと思《おも》うし——」

みんなに向《む》かってそう告《つ》げながら、わたしの手《て》は怒《いか》りで震《ふる》えてくる。

**「……今《いま》すぐ不安《ふあん》だからって、花火《はなび》さんに当《あ》たらないでください。花火《はなび》さん。行《い》こ！」**

「落葉《おちば》さんっ⁉」

わたしは花火《はなび》さんの言葉《ことば》を待《ま》たず、彼女《かのじょ》の手《て》を取《と》り教室《きょうしつ》を飛《と》び出《だ》したのだった。


あんな場所《ばしょ》に花火《はなび》さんにいて欲《ほ》しくなくて、花火《はなび》さんの手《て》を引《ひ》いて教室《きょうしつ》を飛《と》び出《だ》してきちゃったけど……。


**そのあとはノープランだったあああああっ！**

おそるおそるふり返《かえ》って花火《はなび》さんを見《み》ると――。

**げっ。**泣《な》いてる⁉

「花火《はなび》さんっ。大丈夫《だいじょうぶ》？」

「ああ。大丈夫《だいじょうぶ》よ。これはうれしくて泣《な》いてるだけだから」

うれし涙《なみだ》⁉

花火《はなび》さんはハンカチで目頭《めがしら》をぬぐうと、そっとほほえんだ。

「落葉《おちば》さん、私《わたし》のこと守《まも》ってくれて、よく見《み》ていてくれてありがとう」

「なんかのどかわいちゃったね。もし良《よ》かったら裏庭《うらにわ》でお茶《ちゃ》しない？」

教室《きょうしつ》から持《も》ってきてしまったイヤな空気《くうき》を変《か》えたくて、明《あか》るい声《こえ》でそう告《つ》げた。

「――」

「あっ。待《ま》って！　今《いま》の軽《かる》いよね？　なんか天川君《あまかわくん》っぽかった!?」

あわてるわたしに、プッと花火《はなび》さんは笑《わら》う。

「ありがとう。私《わたし》のこと心配《しんぱい》して言《い》ってくれて。でも大丈夫《だいじょうぶ》よ。落葉《おちば》さんの大事《だいじ》な時間《じかん》を奪《うば》うわけにはいかないもの」

「花火《はなび》さんってヘンなところで気《き》を遣《つか》いすぎ！　**わたしたちは……親友《しんゆう》でしょ**」

花火《はなび》さんに向《む》かって『親友宣言《しんゆうせんげん》』するのは恥《は》ずかしいけど、それでも花火《はなび》さんの目《め》を見《み》つめながらそう言《い》った。

「花火《はなび》さん。これだけは覚《おぼ》えておいて。花火《はなび》さんにはわたしがいるよ。それにわたしだけじゃない。無道君《むどうくん》や天川君《あまかわくん》も味方《みかた》だよ」

――あれ？　ちょっと待《ま》って。

わたし、今自分《いまじぶん》で言《い》った言葉《ことば》を聞《き》いたことがある。

そうだ。わたしも――花火《はなび》さんに、天川君《あまかわくん》に、そして無道君《むどうくん》に言《い》ってもらった。

わたしたちは全員同《ぜんいんおな》じ気持《きも》ちなんだ！

**「うわっ。これってすごいことじゃない!?」**

わたしは感動《かんどう》して思《おも》わず花火《はなび》さんに抱《だ》き着《つ》く。

「落葉《おちば》さん、どどどどどうしたの!?」

動揺《どうよう》する花火《はなび》さんをさらに強《つよ》く抱《だ》きしめたのだった。

# 21 わたしの運命《うんめい》、見《み》つけました！

「あー！　美味《おい》しい！　天気《てんき》はいいし特別授業中《とくべつじゅぎょうちゅう》とは思《おも》えない」

わたしは冷《つめ》たい紅茶《こうちゃ》を飲《の》んで裏庭《うらにわ》のテーブルに置《お》いてから、思《おも》いきり伸《の》びをする。

「実《じつ》はまだ昨日《きのう》のハイキングで筋肉痛《きんにくつう》なんだ」

「――あれはハイキングじゃなくて登山《とざん》だったわよね」

「そうだよね!?　めちゃくちゃ登山《とざん》だよね！　まあ。Ａコースはハイキングくらい緩《ゆる》やかだったのかも知《し》れないけど」

霧《きり》や雨《あめ》で足止《あしど》めをくらったけれど、何《なん》とか

Aコースの生徒《せいと》より先《さき》にゴールすることができた。

「花火《はなび》さんは1回目《かいめ》のペア授業《じゅぎょう》は無道君《むどうくん》とだったけど、2回目《かいめ》は誰《だれ》とだったの？」

「――佐々木君《ささきくん》よ」

佐々木君《ささきくん》は同《おな》じクラスの男の子《おとこのこ》なんだけど、花火《はなび》さんのファンクラブ会員《かいいん》でもある。

この前《まえ》は一緒《いっしょ》にクラス委員《いいん》をやって、少《すこ》し仲良《なかよ》くなれたんだ。

「花火《はなび》さんのことだから、他《ほか》の人《ひと》にも誘《さそ》われたんでしょ？」

「ええ。だけど佐々木君《ささきくん》とは落葉《おちば》さんの話《はなし》で盛《も》り上《あ》がりそうだったから」

**えええっ。わたしの話《はなし》で盛《も》り上《あ》がる!?**

思《おも》わず自分《じぶん》を指《ゆび》さすわたしを見《み》ながら、花火《はなび》さんは笑《わら》う。

「落葉《おちば》さんを脱落《だつらく》させないために案《あん》を出《だ》し合《あ》ってたのよ。いろんな考《かんが》えが聞《き》けて楽《たの》しかったわ」

佐々木君《ささきくん》はああ見《み》えてヘンなところ面倒見《めんどうみ》が良《い》いからなぁ。いろいろ考《かんが》えてくれたのかもしれない。

それにしても2人《ふたり》でそんな話《はなし》をしていたなんて！

花火《はなび》さんと責任感《せきにんかん》が強《つよ》い佐々木君《ささきくん》らしいエピソードだと思《おも》いつつ、花火《はなび》さんもわたしのことを大事《だいじ》に想《おも》ってくれていることがわかってはずかしくもうれしい気持《きも》ちになった。

「佐々木君《ささきくん》、話《はな》してみるとおもしろい人《ひと》なのね」

「そう！　そうなんだよ！」

わたしは花火《はなび》さんの言葉《ことば》に大《おお》きくうなずく。

**「きっとまだ話《はな》したことはないけれど、友達《ともだち》になれる人《ひと》がたくさんいると思《おも》うんだよね。だから誰《だれ》も脱落《だつらく》なんかしないで、全員《ぜんいん》で卒業《そつぎょう》できればいいけれど……」**

「落葉《おちば》さんはよくそう言《い》っているものね」

花火《はなび》さんにそう言《い》われ、わたしはギュッとスカートのすそをつかんだ。

「うん。だけど……今《いま》、困《こま》ってる」

「困《こま》ってる？」

不思議《ふしぎ》そうに聞《き》き返《かえ》してくる花火《はなび》さんに向《む》かい、わたしは神妙《しんみょう》な顔《かお》でうなずいた。

「だって考《かんが》えれば考《かんが》えるほど『運命《うんめい》の相手《あいて》』って誰《だれ》なんだろうって思《おも》っちゃう」

わたしの言葉《ことば》を花火《はなび》さんは真剣《しんけん》に聞《き》いてくれる。

「『運命《うんめい》の相手《あいて》』だと考《かんが》えるからわからなくなるんじゃない？　もっとシンプルに『この先《さき》ずっと一緒《いっしょ》にいたい特別大切《とくべつたいせつ》な人《ひと》』をイメージしてみたらどうかしら」

たしかに！　具体的《ぐたいてき》に言《い》われるとイメージが浮《う》かびやすい。

「それに今落葉《いまおちば》さんの話《はなし》を聞《き》いて思《おも》ったんだけど、もしかしたら考《かんが》えちゃダメなのかも」

考《かんが》えちゃダメ？　それってどういうこと？

「本《ほん》で読《よ》んだんだけど、人《ひと》の脳《のう》は危険《きけん》を避《さ》けるようにできてるの。脳《のう》はチャレンジを危険《きけん》と認定《にんてい》して嫌《いや》がる。だから考《かんが》えたらダメなのよ」

「へー！　さすが花火《はなび》さん、あったまいい！　じゃあ一緒《いっしょ》に実験《じっけん》してみない？」

「実験《じっけん》？」

花火《はなび》さんは不思議《ふしぎ》そうに首《くび》をかたむける。

「うん。『この先《さき》ずっと誰《だれ》といたいか』って頭《あたま》の中《なか》で問《と》いかけて、直感的《ちょっかんてき》に誰《だれ》が浮《う》かぶかを実験《じっけん》するの」

「いいわね」

そう言《い》ってわたしたちはギュッと手《て》をつなぐ。

**「じゃあいくよ。せーの！」**

わたしがこの先《さき》ずっと一緒《いっしょ》にいたい人《ひと》。

ずっと悩《なや》んでいたその答《こた》えが——ようやく見《み》つかったのでした。

## 22 わたしが最初《さいしょ》に告白《こくはく》します！

あれからあっという間《ま》に時《とき》が過《す》ぎ、黄金色《こがねいろ》に輝《かがや》いてた空《そら》に夜《よる》のとばりが下《お》りる。

「――いよいよ、時間《じかん》か」

朝《あさ》は何《なに》もなかった校庭《こうてい》の真《ま》ん中《なか》にキャンプファイヤーの大《おお》きな焚火《たきび》がたかれ、パチパチと火花《ひばな》が飛《と》んでいる。

**「最後《さいご》の特別授業《とくべつじゅぎょう》『告白《こくはく》』の時間《じかん》だ。最初《さいしょ》の挑戦者《ちょうせんしゃ》はだれだ？」**

先生《せんせい》の言葉《ことば》にただでさえ張《は》り詰《つ》めていた空気《くうき》がさらに一段《いちだん》張《は》り詰《つ》める。

勇気《ゆうき》を出《だ》して手《て》を挙《あ》げなきゃと思《おも》うのに、怖《こわ》くて足《あし》がすくむ。

だけど……やる！

ギュッと目《め》を閉《と》じながら、わたしは大《おお》きく右手《みぎて》を挙《あ》げた。

「**あのっ。**最初《さいしょ》は――わたしにやらせてもらえませんか？」

全員《ぜんいん》の視線《しせん》がいっせいにわたしに向《む》かって集《あつ》まり、緊張《きんちょう》でうまく息《いき》が吸《す》えなくなる。

呼吸《こきゅう》を整《ととの》え整列《せいれつ》していた列《れつ》から出《で》ると、校庭《こうてい》に設置《せっち》されたステージに一歩一歩《いっぽいっぽ》足《あし》をかけた。

階段《かいだん》をのぼっている時《とき》は無我夢中《むがむちゅう》だったけれど、一番上《いちばんうえ》についた時《とき》にまるで応援《おうえん》してくれているかのようにすうっと風《かぜ》が吹《ふ》いたのがわかった。

わたしはゆっくりと前《まえ》を見《み》て、話《はな》し始《はじ》めた。

「告白《こくはく》の前《まえ》に――。わたしは『運命《うんめい》の相手《あいて》』って何《なん》なのかなってずっと考《かんが》えてました」

そう語《かた》りかけると、ザワッと他《ほか》の生徒《せいと》たちが顔《かお》を見合《みあ》わせる。

「特別授業《とくべつじゅぎょう》をパスするために、誰《だれ》でもいいのかなって思《おも》ったこともありました。だけど、本当《ほんとう》に大事《だいじ》な気持《きも》ちにウソをついちゃいけない気《き》もしてきて……」

「警告《けいこく》です。ここでは告白《こくはく》だけするように。これ以上《いじょう》、告白以外《こくはくいがい》のことを話《はな》すなら失格《しっかく》とみなしますよ」

失格《しっかく》になんかなりたくない。だけど――最後《さいご》まで伝《つた》えなかったら一生後悔《いっしょうこうかい》する。

**「わたしの運命《うんめい》の相手《あいて》は3人《にん》います。月村花火《つきむらはなび》さん、無道吹雪君《むどうふぶきくん》、天川春人君《あまかわはるとくん》です」**

わたしの告白《こくはく》に、集《あつ》まっていた生徒《せいと》たちがいっせいにざわつきだす。

「ばかな！　運命《うんめい》の相手《あいて》が3人《にん》？」「いったいどういうことだ!?」と大騒《おおさわ》ぎになっている中《なか》で、わたしは続《つづ》けた。

「運命《うんめい》の相手《あいて》が3人《にん》いたらおかしいですか？　だって一生《いっしょう》いっしょにいたい――心《こころ》の底《そこ》から『運《うん》命《めい》の相手《あいて》』だと言《い》えるのはこの3人《にん》。だからわたしの運命《うんめい》の人《ひと》は3人《にん》です！　皆《みんな》もウソをついて好《す》きでもない人《ひと》を選《えら》ぶくらいなら、本当《ほんとう》に大事《だいじ》だと思《おも》う相手《あいて》の名前《なまえ》を言《い》いませんか？」

「ふざけるな！　神聖《しんせい》な特別授業《とくべつじゅぎょう》を何《なん》だと思《おも》ってる。降《お》りろ！」

「自分《じぶん》が落《お》ちるから私《わたし》たちを混乱《こんらん》させる気《き》だな」

「脱落《だつらく》させようとしてるんだろ！」

「誰《だれ》がそんな意見《いけん》に賛同《さんどう》するかよ」

と、まわりからいっせいに非難《ひなん》の声《こえ》が上《あ》がる。

まるで学級会《がっきゅうかい》で責《せ》められているような非難《ひなん》の声《こえ》を聞《き》きながら、そっと目《め》を閉《と》じた。

ここにいるみんなには伝《つた》わらなかったけど……わたしは自分《じぶん》の大事《だいじ》な気持《きも》ちにウソをつかなかった。

だから……誰《だれ》にもわかってもらえなくても、せめて自分《じぶん》だけは自分《じぶん》を認《みと》めてあげたい。

そう思《おも》った時《とき》――。

「**オレも落葉《おちば》と同《おな》じだ**」

無道君《むどうくん》!?

生徒《せいと》たちはいっせいに無道君《むどうくん》の方《ほう》を見《み》る。

無道君《むどうくん》はゆっくりと壇上《だんじょう》に上《あ》がると、「よく頑張《がんば》ったな」とねぎらうように、わたしの頭《あたま》をポンポンとたたいた。

「私《わたし》も！　私《わたし》も落葉《おちば》さんと同《おな》じ気持《きも》ち！　吹雪《ふぶき》も春人《はると》も、ムカつくところも多《おお》いけど、一緒《いっしょ》にいると楽《たの》しくて。私《わたし》の運命《うんめい》の人《ひと》も、落葉《おちば》さんと吹雪《ふぶき》と春人《はると》の３人《にん》よ」

「あーあ、２人《ふたり》に先《さき》を越《こ》されちゃったけど、俺《おれ》も同《おな》じだよ。落葉《おちば》ちゃん」

天川君《あまかわくん》はそう言《い》ってウィンクする。

みんな……同《おな》じ気持《きも》ちだったんだ。

「──よ……良《よ》かったぁ」

緊張《きんちょう》の色《いろ》がほどけ、ヘナヘナとその場《ば》にしゃがみ込《こ》む。

「それなら——俺《おれ》は同《おな》じ野球部《やきゅうぶ》でピッチャーの友坂《ともさか》だ」

「同《おな》じく！　俺《おれ》たち最強《さいきょう》のバッテリーだからな！」

男子生徒《だんしせいと》の言葉《ことば》に続《つづ》くように、

「わたしの親友《しんゆう》——ううん。運命《うんめい》の相手《あいて》はみっちゃん！　いやなことがあっても、みっちゃんに会《あ》えたら元気《げんき》になるから」

「そんなのあたしも一緒《いっしょ》だよ！　あたしたち運命《うんめい》の友達《ともだち》だよ！」

と、続々《ぞくぞく》と告白《こくはく》の声《こえ》が上《あ》がる。

**「俺《おれ》は物部《もののべ》ヒミコが好《す》きだ。幼《おさな》いころからこれからもずっとだ」**

「おおおおおおおおおおおおおおおっ」

貴船君《きふねくん》の告白《こくはく》キタ————っ！

「我《われ》も……素直《すなお》にならねばな。信長《のぶなが》、あいしてる」

ぎゃああああああっ。はずかしい！

はずかしいけどうれしい！

貴船君《きふねくん》と物部《もののべ》さんはわたしを見《み》つめ、唇《くちびる》の動《うご》きだけで「ありがとう」と伝《つた》えてきてくれた。

「そこまで！」

先生《せんせい》の厳《きび》しい声《こえ》が、告白《こくはく》ラッシュを止《と》めていく。

**「ルールの改変《かいへん》はあり得《え》ない。貴船《きふね》と物部《もののべ》以外《いがい》は全員失格《ぜんいんしっかく》」**

無情《むじょう》に告《つ》げられた言葉《ことば》にわたしはガクガクと震《ふる》えだす。

「失格《しっかく》にするのはわたしだけにしてください！　他《ほか》の人《ひと》は関係《かんけい》ありません」

「落葉《おちば》さんだけを失格《しっかく》にするなんてあり得《え》ない。落葉《おちば》さんが失格《しっかく》なら私《わたし》も喜《よろこ》んで一緒《いっしょ》に失格《しっかく》になるわ」

花火《はなび》さん！

「花火《はなび》にいいところ取《と》られちゃったけど、俺《おれ》もそう思《おも》ってるよ」

天川君《あまかわくん》！

震《ふる》えながらもキッパリと告《つ》げた花火《はなび》さんと、落《お》ち着《つ》いた天川君《あまかわくん》の顔《かお》を見《み》る。

「――さっきからキャンキャンうるせーな。そもそも全員《ぜんいん》ルールを守《まも》ってるぜ？」

無道君《むどうくん》は目《め》にこもった殺気《さっき》を隠《かく》すこともなく、先生《せんせい》をにらみつける。

「――何《なに》をバカな……」

「そもそも『運命《うんめい》の相手《あいて》』が結婚相手《けっこんあいて》や恋人《こいびと》とは言《い》ってないだろ？　だったら友達《ともだち》も該当《がいとう》するはずだ」

「屁理屈《へりくつ》を言《い》うな！」

「屁理屈《へりくつ》じゃないです！　わたしたちは与《あた》えられた材料《ざいりょう》の中《なか》で真剣《しんけん》に考《かんが》えました。運命《うんめい》の相手《あいて》を探《さが》すって勉強《べんきょう》になりました。今《いま》まで話《はな》した事《こと》ない人《ひと》たちとも話《はな》せたし。だからありがとうございます！」

わたしは先生《せんせい》に向《む》かって必死《ひっし》に訴《うった》える。

運命《うんめい》の相手《あいて》ってもっと広《ひろ》く意味《いみ》があっていいと思《おも》う。

友《とも》だち、家族《かぞく》、ペア、きっと大切《たいせつ》なペットであっても。

無道君《むどうくん》が言《い》ってたように、わたしも自分自身《じぶんじしん》が『運命《うんめい》だ』と思《おも》えるものを、自分《じぶん》を信《しん》じられる強《つよ》さを持《も》ちたい。

**「あはは。いーんじゃない？　面白《おもしろ》いし」**

「**理事長《りじちょう》**！」

理事長《りじちょう》と呼《よ》ばれた人《ひと》が、壇上《だんじょう》に上《あ》がってくる。

ふっと隣《となり》に立《た》った時《とき》に、かいだことのある香《かお》りがする。

あああっ。やっぱり！　あの時《とき》のお姉《ねえ》さん！

「この特別授業《とくべつじゅぎょう》をおこなったのはね。もともと様々《さまざま》な大人《おとな》から、学校《がっこう》の中《なか》でパートナーを見《み》つけさせれば安泰《あんたい》だという要望《ようぼう》が多《おお》く上《あ》がったからさ」

理事長《りじちょう》はゆっくりと今回《こんかい》の特別授業《とくべつじゅぎょう》をはじめた大人《おとな》たちの狙《ねら》いについて語《かた》りはじめた。

「まぁ、うちとしても別《べつ》に反対《はんたい》することでもないしね。大人《おとな》の言《い》う通《とお》りの方向《ほうこう》で運命《うんめい》の相手《あいて》を決《き》めるのもわるくない……とも思《おも》ったんだが」

そう言《い》いながら、わたしに向《む》かいすっと目線《めせん》を投《な》げる。

**「自分《じぶん》の人生《じんせい》にきちんと向《む》き合《あ》い、本当《ほんとう》に自分自身《じぶんじしん》が心《こころ》から望《のぞ》む『運命《うんめい》の相手《あいて》』を見《み》つけ、それを宣言《せんげん》する。未来《みらい》を先頭《せんとう》に立《た》って切《き》り開《ひら》く子《こ》どもたちの姿《すがた》は、感動的《かんどうてき》でもあったかな」**

理事長《りじちょう》はわたしに向《む》かってほほえんだ。

「この学校《がっこう》は、先頭《せんとう》にたってこれからの未来《みらい》を背負《せお》う若者《わかもの》を育成《いくせい》するために設立《せつりつ》したんだ。大人《おとな》に決《き》められたレールに乗《の》る子《こ》どもたちを量産《りょうさん》する場所《ばしょ》じゃない、そうでしょ？」

理事長《りじちょう》にそう問《と》いかけられた教師《きょうし》たちは、とまどったように顔《かお》を見合《みあ》わせる。

「でもこれからの未来《みらい》を背負《せお》う若者《わかもの》たちには、大人《おとな》を黙《だま》らせるくらいのバイタリティがないとね。目《め》が覚《さ》めたよ」

「あの……理事長先生《りじちょうせんせい》。……そうなると……今回《こんかい》の特別授業《とくべつじゅぎょう》は――」

**「今回《こんかい》の特別授業《とくべつじゅぎょう》は、私《わたし》の権限《けんげん》で自分《じぶん》の運命《うんめい》の相手《あいて》に向《む》き合《あ》ったものは全員合格《ぜんいんごうかく》とする」**

キッパリと理事長《りじちょう》がそう告《つ》げると、**「やったー！」**と生徒《せいと》たちがいっせいに喜《よろこ》びの声《こえ》をあげる。

**ヒュルルルル――パーン！**

喜《よろこ》びの中《なか》、大《おお》きな打《う》ち上《あ》げ花火《はなび》が暗《くら》い空《そら》を明《あか》るく照《て》らす。

「――キレイ」

大喜《おおよろこ》びしていた生徒《せいと》たちは、みな次々《つぎつぎ》に空《そら》に打《う》ちあがる花火《はなび》を見上《みあ》げた。

いろんな色《いろ》や形《かたち》のキラメキが、この美《うつく》しい景色《けしき》を作《つく》っている。

そのことに何《なん》だかジンと胸《むね》が熱《あつ》くなる。

「楽《たの》しんでもらえて良《よ》かった。せっかくの『特別授業《とくべつじゅぎょう》』が、つらいだけじゃつまらないだろう？

少《すこ》しはお楽《たの》しみをあげないとね」

理事長《りじちょう》の言葉《ことば》にこたえるかのように空《そら》に花火《はなび》が次々《つぎつぎ》に打《う》ちあがる。

みんなの告白《こくはく》は無事《ぶじ》に達成《たっせい》され、わたしたちは全員《ぜんいん》で合格《ごうかく》できたのでした。

# 23 MVP《エムブイピー》はまさかの…!?

**「ほえー。平和《へいわ》だ」**


おかえりなさい。平和《へいわ》な日常《にちじょう》！

運命《うんめい》の相手《あいて》を探《さが》すという『特別授業《とくべつじゅぎょう》』は無事《ぶじ》に終《お》わり、愛《あい》する日常《にちじょう》が戻《もど》ってきました！（涙《なみだ》）

「でも……本当《ほんとう》にいいのかなぁ」

「いいのかなって何《なに》が？」

「わたしがMVP《エムブイピー》なんて……」

そうなんです。実《じつ》は……今回《こんかい》のMVP《エムブイピー》はななななんと、わたしが頂《いただ》いてしまったの！

**「いいんじゃない？　なんてったって革命《かくめい》を起《お》こしたジャンヌ・ダルクだし？」**

「春人《はると》、いいこと言《い》うじゃない！　落葉《おちば》さん、本当《ほんとう》に素敵《すてき》だったわ」

天川君《あまかわくん》の発言《はつげん》に、花火《はなび》さんはウットリしながらうなずいている。

「うぐっ。ごほごほ」

ううっ。ほめられなれてないから、居心地《いごこち》が悪《わる》いよー。

「そういえば、落葉《おちば》さんMVP《エムブイピー》のごほうびって何《なに》をお願《ねが》いするの？」

そんなの何《なに》も考《かんが》えていなかったよ。

「わたしの叶《かな》えたいことは、MVP《エムブイピー》取《と》ったくらいじゃ叶《かな》えてもらえなそうだからなぁ」

ポツリとつぶやくと、3人《にん》は興味深《きょうみぶか》そうな視線《しせん》をこちらに投《な》げかけてくる。

「落葉《おちば》さん、それってやっぱり――」

**「うん。わたし、ここにいる全員《ぜんいん》で卒業《そつぎょう》したい」**

ギュッとスカートをにぎりしめながら、わたしは3人《にん》に向《む》かってそう言《い》った。

「それってつまり……」

「生徒《せいと》たちを脱落《だつらく》させる『特別授業《とくべつじゅぎょう》』を終《お》わらせたい。……でも、そんなことムリだよね」

「落葉《おちば》が本気《ほんき》ならムリじゃないと思《おも》うけど？」

**えええええっ。無道君《むどうくん》、今《いま》すずしい顔《かお》して何《なん》ておっしゃいました!?**

ビックリしたのはわたしだけではないようで、

「吹雪《ふぶき》、どういうことか説明《せつめい》しなさいよ！」

「どんな風《ふう》に終《お》わらせるのか興味《きょうみ》があるなぁ」

と、花火《はなび》さんと天川君《あまかわくん》が問《と》いかける。

「かんたんだ。この学園《がくえん》のルールを利用《りよう》してやればいいんだ」

「利用《りよう》って……あー！　そういうことね!!」

「——確《たし》かにルール的《てき》にはいけるってことか」

途中《とちゅう》から何《なに》かに気《き》づいたような花火《はなび》さんの言葉《ことば》に、天川君《あまかわくん》までもうなずく。

**「あのっ、ぜんぜん意味《いみ》がわからないから教《おし》えてくださいー！」**

2人《ふたり》は理解《りかい》したみたいだけど、わたしにはさっぱりだよ！（涙《なみだ》）

「どんな願《ねが》いも叶《かな》えてもらうためには、何《なに》が必要《ひつよう》か覚《おぼ》えてるか？」

無道君《むどうくん》にそう問《と》いかけられ、

「それは、わたしでもわかるよ。『特別授業《とくべつじゅぎょう》』で授与《じゅよ》される『スター』を7つ集《あつ》めることでしょ？」

「だからそういうことだよ」

ん？　そういうことってどういうこと!?

頭《あたま》の上《うえ》に？マークが浮《う》かびまくっているわたしに向《む》かい、天川君《あまかわくん》がかわりに口《くち》を開《ひら》く。

「授与《じゅよ》される『スター』ってさ。すでに俺《おれ》たち1人1人《ひとりひとり》が1つは持《も》ってるわけじゃない？　だから……それを7つ集《あつ》めればいいんじゃないかって吹雪《ふぶき》は言《い》ってるわけ」

**ああああああっ。なるほど！　そういうことかあああああ！**

ようやく意味《いみ》がわかってポンと手《て》を打《う》つが、さらにわからないことがでてきて、わたしは首《くび》をかしげた。

でもそれだと、自分《じぶん》の『スター』を他《ほか》の生徒《せいと》に譲《ゆず》らなければいけないってことになる。

「大切《たいせつ》な自分《じぶん》の『スター』を譲《ゆず》ってくれる、超変《ちょうか》わり者《もの》なんて絶対《ぜったい》にいな――」

強《つよ》い視線《しせん》を感《かん》じ顔《かお》をあげると、無道君《むどうくん》と花火《はなび》さんと天川君《あまかわくん》と目《め》が合《あ》う。

3人《にん》はニコッといたずらっ子《こ》のような顔《かお》で笑《わら》ってから、こっちにピースサインを向《む》ける。

**「とりあえず3人《にん》はいそうだな」**

「落葉《おちば》さんの『スター』を合《あ》わせれば4つ。あと3つ……集《あつ》めれば、落葉《おちば》さんの願《ねが》いは叶《かな》うんじゃないの？」

「どうして……そんなによくしてくれるの？」

「落葉《おちば》が本気《ほんき》で願《ねが》うことならオレが全部叶《ぜんぶかな》えてやる」

「私《わたし》だって！」

「だって俺《おれ》たち『運命《うんめい》の相手《あいて》』なわけでしょ？」

無道君《むどうくん》、花火《はなび》さん、天川君《あまかわくん》の言葉《ことば》を聞《き》き、目《め》から涙《なみだ》がポロポロとあふれだした。

「でも……もしこれで脱落《だつらく》するようなことになったら……」

「そうなる前《まえ》に4人《にん》で国外逃亡《こくがいとうぼう》でもするか」

「あら。それも楽《たの》しそうね。旅《たび》をしながら起業《きぎょう》して億万長者《おくまんちょうじゃ》になったりして……」

楽《たの》しそうに思案《しあん》する花火《はなび》さんに向《む》かい、

「花火《はなび》ならやりかねないからなぁ。むしろ今《いま》すぐ逃亡《とうぼう》しちゃう？　俺《おれ》たちが成功《せいこう》したら『天才学《てんさいがく》園《えん》が追放《ついほう》したのは本当《ほんとう》の天才《てんさい》だった』なーんてニュースがあがって学校《がっこう》は赤《あか》っ恥《ぱじ》だろうし♪」

そう言《い》うと天川君《あまかわくん》はキラキラの王子様《おうじさま》スマイルを浮《う》かべる。

「春人《はると》、そーゆーこと考《かんが》えてる時《とき》は本当《ほんとう》に悪《わる》そうな顔《かお》するな」

「ふふふ。吹雪《ふぶき》も同《おな》じ顔《かお》してるけど？」

ポンポンと弾《はず》む3人《にん》の会話《かいわ》を聞《き》きながら、この3人《にん》が一緒《いっしょ》なら、きっとどこでも大丈夫《だいじょうぶ》だって思《おも》えちゃう。

友達《ともだち》ってすごい存在《そんざい》だ。

自分《じぶん》の事《こと》じゃないのに、一緒《いっしょ》になやんだり喜《よろこ》んだりしてくれるんだもの。

それにただの友達《ともだち》だからじゃない。

わたしにとって特別《とくべつ》な3人《にん》だから……。

「どうする？」

と、無道君《むどうくん》に聞《き》かれ、迷惑《めいわく》をかけるかも知《し》れないけれど、この3人《にん》には本当《ほんとう》の気持《きも》ちを思いきって口《くち》にした。

**「――わたし、叶《かな》えたい。この願《ねが》いを！」**

わたしがギュッとこぶしを握《にぎ》りしめながら伝《つた》えると、みんな大《おお》きくうなずいてくれる。

「落葉《おちば》さん。頼《たよ》ってくれて嬉《うれ》しいわ」

「花火《はなび》、感動《かんどう》しすぎ。嬉《うれ》しいなっていう気持《きも》ちはすごくわかるけどさ」

ズズッとはなをすする花火《はなび》さんの横《よこ》で、天川君《あまかわくん》もウンウンと笑顔《えがお》でうなずく。

「よおし！　オレたちなりのやり方《かた》で叶《かな》えるぞ！」

**「「「おー！」」」**

わたしたちは決意《けつい》を胸《むね》に、右手《みぎて》を振《ふ》り上《あ》げたのだった。

# 24 七色《なないろ》の願《ねが》い、かなえます！

**「ここにいる7人《にん》の『スター』を使《つか》って、『特別授業《とくべつじゅぎょう》』を廃止《はいし》させる!?　そんなんムリに決《き》まってるだろ！　ヒミコと小次郎《こじろう》も何《なに》か言《い》ってやれよ」**

あれから4人《にん》で話《はな》し合《あ》い、佐々木君《ささきくん》、貴船君《きふねくん》、物部《もののべ》さんに協力《きょうりょく》をお願《ねが》いするべく、みんなが帰《かえ》った後《あと》の教室《きょうしつ》に集《あつ》まってもらったんだけど――。

あり得《え》ないと声《こえ》をあげる貴船君《きふねくん》の横《よこ》で、物部《もののべ》さんは表情《ひょうじょう》を変《か》えないまま口《くち》を開《ひら》いた。

「水口落葉《みずぐちおちば》は恩人《おんじん》だ。助《たす》けになりたい。だが『特別授業《とくべつじゅぎょう》』を廃止《はいし》するということは、叶《かな》えたい願《ねが》いを胸《むね》に入学《にゅうがく》してきた生徒《せいと》たちの夢《ゆめ》が破《やぶ》れることになる。そこをどう考《かんが》えているんだ」

「まず言《い》っておきたいのが、わたし、みなさんのことほんとにすごいなって思《おも》ってるんです！　もっとみんなは自分《じぶん》の力《ちから》を認《みと》めてあげてもいいと思《おも》う」

その言葉《ことば》を聞《き》いた貴船君《きふねくん》、物部《もののべ》さん、佐々木君《ささきくん》は驚《おどろ》いたように目《め》を見開《みひら》いた。

「だってここにはこれからの日本《にほん》を背負《せお》うエリートたちが集《あつ》められてるんだよ？　全員《ぜんいん》が本気《ほんき》で

協力《きょうりょく》すれば、MVP《エムブイピー》を取《と》った人《ひと》以外《いがい》にだって願《ねが》いを叶《かな》えるチャンスが与《あた》えられると思《おも》わない？」

「――学校《がっこう》が願《ねが》いを叶《かな》えるのはただ1人《ひとり》……**しかし全員《ぜんいん》で協力《きょうりょく》すれば自分《じぶん》の願《ねが》いを叶《かな》えられる可《か》能性《のうせい》が上《あ》がるということか**」

考《かんが》えてみたことがなかったというように、佐々木君《ささきくん》は腕《うで》を組《く》んで考《かんが》えこんでいる。

「ここに来《き》て思《おも》ったの。天才学園《てんさいがくえん》の生徒《せいと》だけじゃない。わたしたちは皆《みんな》ちがった個性《こせい》と可《か》能性《のうせい》という『スター』を持《も》ってるんじゃないかって。だから脱落《だつらく》させちゃったらもったいないよ！」

「――無道《むどう》、天川《あまかわ》、月村《つきむら》。オマエたちも同《おな》じ考《かんが》えなのか？」

貴船君《きふねくん》の問《と》いかけに3人《にん》はニッと笑《わら》うとピースサインをする。

「くそっ。腹《はら》くくりやがって。――カッコいいじゃねぇか」

貴船君《きふねくん》がくやしそうに呟《つぶや》くと、

「そうだな。だから僕《ぼく》も仲間《なかま》に加《くわ》わる」

「我《われ》もだ。――信長《のぶなが》もだろう？」

「――っ。これで最後《さいご》に認《みと》めるってカッコ悪《わる》いじゃねぇか。あーあ、わかったよ。俺《おれ》も協力《きょうりょく》してやる」

「貴船《きふね》、かっこいいぞー！」

「天川《あまかわ》、そーゆー見《み》えすいたおべっか使《つか》うな！」

「あ、バレた？」

天川君《あまかわくん》の返《かえ》しに、その場《ば》にいた全員《ぜんいん》がドッと笑《わら》う。

**「――よし。それじゃあ動《うご》くぞ」**

無道君《むどうくん》の言葉《ことば》に、わたしたちは力強《ちからづよ》くうなずいたのだった。


「わたしたち教師全員《きょうしぜんいん》を集《あつ》めて話《はなし》があるとは……いったい何《なん》だと言《い》うんだい？」

「しかも理事長《りじちょう》まで来《き》て欲《ほ》しいだなんて。相当《そうとう》なことなんだろうな」

あきらかに不機嫌《ふきげん》そうに先生方《せんせいがた》に告《つ》げられ、わたしは「相当《そうとう》なことだと思《おも》います～」と蚊《か》のなくような声《こえ》で言《い》った。

「**じゃあ。聞《き》かせてもらおうかな。その『相当《そうとう》なこと』を**」

わたしはハンカチに包《つつ》んでいた7つのアイテムを取《と》り出《だ》し、職員室《しょくいんしつ》の机《つくえ》に載《の》せた。

「いったいこれが何《なん》だと……！！！！！！！！！」

机《つくえ》に広《ひろ》げられたのがスターだとわかり、先生《せんせい》たちは絶句《ぜっく》する。

「7つの『スター』をそろえました。願《ねが》いを叶《かな》えてください」

「はあっ⁉　いきなり何《なに》を言《い》ってる！　冗談《じょうだん》はよしなさい！」

「冗談《じょうだん》なんかじゃありません！」

「**面白《おもしろ》いじゃないか。君《きみ》は何《なに》を願《ねが》うんだい？**」

「**わたしは……『特別授業《とくべつじゅぎょう》』の廃止《はいし》を願《ねが》います！**」

「**！！！！！！**」

わたしの願《ねが》いを聞《き》いた先生《せんせい》たちが息《いき》を呑《の》む音《おと》が聞《き》こえた。

「この『スター』はどうやって集《あつ》めたの？」

「わたしの考《かんが》えに賛同《さんどう》してくれる仲間《なかま》が、これを託《たく》してくれました」

「なるほどね。その願《ねが》いを聞《き》いてあげなくもないけど、この『スター』を差《さ》し出《だ》した生徒《せいと》たちは退学《たいがく》にする。それでもいいんだね」

「それは困《こま》ります」

「そうだろう。さあさあ。この話《はなし》は終《お》わり。けっこう楽《たの》しめたよ？」

パンと手《て》を打《う》ってお開《ひら》きにしようとする理事長《りじちょう》に向《む》かい、わたしは「あの」と声《こえ》をかける。

「まだ何《なに》かあるのかい？」

**「困《こま》るのはわたしではなく……その、先生方《せんせいがた》だと……思《おも》うのですが」**

「どういうこと？」

**ドサドサドサ――ッ。**

話《はなし》の意図《いと》がつかめず顔《かお》をしかめる理事長《りじちょう》に向《む》かい、わたしは制服中《せいふくじゅう》のポケットの中《なか》にしまっていた大量《たいりょう》の『スター』を机《つくえ》にのせる。

色《いろ》とりどりの『スター』は七色《なないろ》に光《ひか》り、宝石《ほうせき》のようにキラキラと輝《かがや》いている。

「これはこの学園《がくえん》の全生徒《ぜんせいと》の『スター』です。全員《ぜんいん》が退学《たいがく》することになっちゃうんですが、学校《がっこう》的《てき》に大丈夫《だいじょうぶ》でしょうか？」

先生《せんせい》たちは絶句《ぜっく》し、職員室《しょくいんしつ》がシーンと静《しず》まりかえる。

**「――ぶっ。あははははは！」**

その長《なが》い沈黙《ちんもく》を破《やぶ》ったのは、理事長《りじちょう》の笑《わら》い声《ごえ》だった。

「水口落葉《みずぐちおちば》さん。やっぱり君《きみ》を入学《にゅうがく》させて正解《せいかい》だったな」

理事長《りじちょう》は心底楽《しんそこたの》しそうに笑《わら》ったあとにウィンクをした。

「同《おな》じタイプばかり集《あつ》めてもつまらないからね。君《きみ》はこの学校《がっこう》に化学変化《かがくへんか》を起《お》こしてくれるんじやないかと思《おも》ったんだ」

「そんな……わたしみたいなふつうの子《こ》が

……」

ちがうちがう！　自分《じぶん》で言《い》ったんじゃないか。全員《ぜんいん》が自分《じぶん》だけの個性《こせい》と可能性《かのうせい》を持《も》っているって。だからこんな時《とき》は――。

「ありがとうございます！」

理事長《りじちょう》に向《む》かって頭《あたま》を下《さ》げると、理事長《りじちょう》は

「若《わか》い子《こ》の成長《せいちょう》はめまぐるしいなぁ」と満足《まんぞく》気《げ》にうなずく。

「大人《おとな》の想像《そうぞう》をやすやすと超《こ》えてくる。この子《こ》たちが作《つく》る未来《みらい》は明《あか》るい。わかった。『特別授業《とくべつじゅぎょう》』は今回《こんかい》で廃止《はいし》とする」

**「うおおおおおおおおお！」**

理事長《りじちょう》がそう言《い》った瞬間《しゅんかん》、廊下《ろうか》から物凄《ものすご》い叫《さけ》び声《ごえ》とともに、生徒《せいと》たちがなだれこむ。

「すごいわ。やったわね！」

「落葉《おちば》ちゃん、最高《さいこう》！」

花火《はなび》さんと天川君《あまかわくん》に肩《かた》をたたかれ、安心《あんしん》して気《き》が抜《ぬ》けたのか、ヘナヘナとその場《ば》にしゃがみこむ。

「何《なに》をしでかすかわからないとは思《おも》っていたけど、ここまでとはな」

そう言《い》いながら、無道君《むどうくん》はわたしの手《て》をとり起《お》こしてくれる。

「無道君《むどうくん》のおかげだよ。花火《はなび》さん、天川君《あまかわくん》。それにみんなも本当《ほんとう》にありがとう！」

目立《めだ》たず平凡《へいぼん》に生《い》きているモブのわたしだけど、みんなと一緒《いっしょ》ならば、こんなすごいことができるんだ！

「落葉《おちば》って名前《なまえ》の通《とお》りの奴《やつ》だな」

「えええ？　それは人《ひと》にふまれまくる地味《じみ》な存在《そんざい》ってこと!?」

実《じつ》は自分《じぶん》の名前《なまえ》にコンプレックスがあったから、けっこう傷《きず》つく。

わたしが顔《かお》をゆがめてそう聞《き》き返《かえ》すと、無道君《むどうくん》は「ちがうちがう」とあわてたように首《くび》を横《よこ》にふった。

「落《お》ち葉《ば》は肥料《ひりょう》になって木《き》や森《もり》を育《そだ》てるだろ。それと同《おな》じだと思《おも》ったたってことだよ」

「同《おな》じ？」

「落葉《おちば》の存在《そんざい》が肥料《ひりょう》になってさ。この学園《がくえん》の生徒《せいと》たちを育《そだ》てただろ？　それってすげーことだよな」

無道君《むどうくん》の言葉《ことば》を聞《き》き、胸《むね》の中《なか》が熱《あつ》くなる。

今《いま》まで地味《じみ》な自分《じぶん》のことも名前《なまえ》もあんまり好《す》きじゃなかったけれど……。

もし無道君《むどうくん》の言葉《ことば》通《どお》りならば、地味《じみ》なわたしもちゃんとここにいていいんだと心《こころ》から思《おも》える。

するとね。ようやく自分《じぶん》のことが好《す》きになれた気《き》がしたんだ。

**「落葉《おちば》。次《つぎ》は恋《こい》の運命《うんめい》の相手探《あいてさが》しだな。いい加減《かげん》気《き》づかせてやるから覚悟《かくご》しろよ」**

「あ！　ぬけがけ！　落葉《おちば》ちゃん、俺《おれ》が運命《うんめい》の相手《あいて》だからね☆」

「落葉《おちば》さん。コイツらの言《い》うことを真《ま》に受《う》けちゃだめよ！」

無道君《むどうくん》、天川君《あまかわくん》、花火《はなび》さんはニヤッとたくらんだように笑《わら》うと、ワッとわたしに向《む》かって突進《とっしん》してくる。

**「わー！　倒《たお》れる！　ちょっと待《ま》ってえええええええっ！」**

もみくちゃにされながらも、確《たし》かな幸《しあわ》せを感《かん》じていた。

それにもしかしたら……恋《こい》の運命《うんめい》の相手《あいて》も——見《み》つかったような気《き》がするけれど……。

それが本当《ほんとう》かどうかは、卒業《そつぎょう》までにゆっくり確認《かくにん》してみようと思《おも》います。

# 落葉《おちば》の交換日記《こうかんにっき》

あこがれてた、お友《とも》だちとの交換日記《こうかんにっき》！　みんな、いったいどんなことを書《か》いてくれるんだろう……？　このコーナーでは、本編《ほんぺん》では伝《つた》えきれなかったわたしたちの日常《にちじょう》をお届《とど》けするよ！

落葉《おちば》「みんなはお誕生日《たんじょうび》って、どう過《す》ごしてるの？」
春人《はると》「誕生日《たんじょうび》？　去年《きょねん》までは一週間《しゅうかん》くらい海外《かいがい》で祝《いわ》ってたかな」
落葉《おちば》「ひー！　庶民《しょみん》と感覚《かんかく》がちがいすぎてビックリだよ！」
春人《はると》「来年《らいねん》は落葉《おちば》ちゃんも一緒《いっしょ》に行《い》く？　2人《ふたり》きりでさ♪」
落葉《おちば》「お年玉《としだま》じゃ足《た》りないなぁ」
春人《はると》「落葉《おちば》ちゃんと一緒《いっしょ》に行《い》けるなら招待《しょうたい》するよ」
吹雪《ふぶき》「落葉《おちば》がそんなこと承諾《しょうだく》するわけねーだろ」
花火《はなび》「それより学校《がっこう》は!?」
春人《はると》「オレの誕生日《たんじょうび》は4月《がつ》1日《ついにち》だから、春休《はるやす》み中《ちゅう》なんだよね」
落葉《おちば》「そっか。春休《はるやす》み中《ちゅう》なら休《やす》まなくていいもんね」
春人《はると》「次《つぎ》は一緒《いっしょ》に祝《いわ》ってくれる？」
落葉《おちば》「もちろんだよ！　ね、花《はな》火《び》さん。無道君《むどうくん》！」
春人《はると》「――わー、うれしいな」
花火《はなび》「ほほほ。盛大《せいだい》に祝《いわ》うわよ。みんなでね」
落葉《おちば》「花火《はなび》さんは誕生日《たんじょうび》って何《なに》してるの？」
花火《はなび》「私《わたし》は滝《たき》に打《う》たれるわ」
花火《はなび》以外《いがい》「た……滝《たき》!?」
花火《はなび》「気合《きあ》いを入《い》れ直《なお》すの。私《わたし》の誕生日《たんじょうび》は8月《がつ》31日《にち》だから一緒《いっしょ》にどう？」
吹雪《ふぶき》「落葉《おちば》がやるわけないだろ」
春人《はると》「そうだよ。ねー、落葉《おちば》ちゃん？」
落葉《おちば》「――あたしやる！」
男子一同《だんしいちどう》「！！！！？？？」
花火《はなび》「落葉《おちば》さん、うれしい！」
吹雪《ふぶき》「落葉《おちば》、ムリするな！」
落葉《おちば》「ムリしてないよ。花火《はなび》さんとの一生《いっしょう》の思《おも》い出《で》になるし」
春人《はると》「一生《いっしょう》の思《おも》い出《で》。それならオレもやろうかな」
吹雪《ふぶき》「ちっ。めんどくせーな」
花火《はなび》「アンタたち男子《だんし》は参加《さんか》しなくてけっこうよ！」
吹雪《ふぶき》「安心《あんしん》しろ。花火《はなび》。絶対《ぜったい》についていってやるから」
花火《はなび》「キー!!」
落葉《おちば》「無道君《むどうくん》はどうしてるの？」
吹雪《ふぶき》「寝《ね》てる」
落葉《おちば》「へ？」
吹雪《ふぶき》「家《いえ》で寝《ね》てる」
落葉《おちば》「えー！　1年《ねん》に1回《かい》のお祝《いわ》いの日《ひ》なのに！」
花火《はなび》「毎年《まいとし》、吹雪《ふぶき》にプレゼントを渡《わた》して仲良《なかよ》くなろうって輩《やから》が群《むら》がって大変《たいへん》なのよね」
落葉《おちば》「そうか…。じゃあおとなしくしてたいよね」
吹雪《ふぶき》「落葉《おちば》からのプレゼントな

ら大歓迎《だいかんげい》だけど」

落葉《おちば》「――（照《て》れ）」

花火《はなび》「何《なに》、２人《ふたり》だけの世界《せかい》を作《つく》ってるの!?」

春人《はると》「ねー。イヤな感《かん》じ」

落葉《おちば》「そ…そんなことないよ！　今度《こんど》の１月《がつ》17日《にち》は、４人《にん》でお祝《いわ》いしよう！」

春人《はると》「ん？　なんで落葉《おちば》ちゃん、吹雪《ふぶき》の誕生日《たんじょうび》知《し》ってるの？」

落葉《おちば》「え？　そそそ、それは何《なん》となく？（真《ま》っ赤《か》）」

花火《はなび》「落葉《おちば》さん、なぜ赤《あか》くなっているの!?　吹雪《ふぶき》にたぶらかされたの！　たたっ斬《き》ってやる！」

吹雪《ふぶき》「そんなことしねーって」

春人《はると》「無自覚《むじかく》だからたちが悪《わる》いんだよな（ボソッ）」

吹雪《ふぶき》「おい、落葉《おちば》。受《う》け取《と》れ」

落葉《おちば》「おっとっと。えーっとこれって…髪留《かみど》め？」

吹雪《ふぶき》「誕生日《たんじょうび》プレゼント。９月《がつ》11日《にち》。今日《きょう》だろ。誕生日《たんじょうび》」

花火《はなび》＆春人《はると》「――えっ!?」

落葉《おちば》「うん、実《じつ》は……。ってか無道君《むどうくん》何《なん》で知《し》ってるの」

吹雪《ふぶき》「何《なん》でって…理由《りゆう》は別《べつ》にいいだろ（照《て》れ）」

花火《はなび》「吹雪《ふぶき》がプレゼント渡《わた》して親友《しんゆう》の私《わたし》が手《て》ぶらなんて。切腹《せっぷく》もんの失態《しったい》だわ！」

春人《はると》「オレもうっかり…あああああ、なんてことだ」

落葉《おちば》「２人《ふたり》ともそんなに落《お》ちこまないで」

花火《はなび》＆春人《はると》「そんなのムリ！」

落葉《おちば》「じゃあ。もし良《よ》ければ『お誕生日《たんじょうび》おめでとう』って言《い》ってもらってもいいかな。わたしの夢《ゆめ》なの」

吹雪《ふぶき》「夢《ゆめ》？」

落葉《おちば》「友達《ともだち》に『おめでとう』って言《い》ってもらうこと」

花火《はなび》「吹雪《ふぶき》！　落葉《おちば》さんの誕生《たんじょう》日情報《びじょうほう》をなんで私《わたし》たちに共有《きょうゆう》してくれなかったの!?　舞踏会《ぶとうかい》のようなパーティーを企画《きかく》したのに」

春人《はると》「そうだよ！　それがわかってたら、思《おも》いきり派手《はで》に花《はな》火《び》とか打《う》ち上《あ》げた！」

吹雪《ふぶき》「そーゆーふうに、どんどん大《おお》ごとになりそうだから、言《い》えなかったんだよ！」

落葉《おちば》「あの！　今《いま》の言葉《ことば》だけで本当《ほんとう》にうれしい！」

花火《はなび》＆春人《はると》「……」

吹雪《ふぶき》「さっそく準備《じゅんび》するか」

落葉《おちば》「わたしケーキ買《か》ってくる」

落葉《おちば》以外《いがい》「落葉《おちば》ちゃん、誕生日《たんじょうび》おめでとう！」

# あとがき

こんにちは。深海《ふかみ》ゆずはです。

さてさて。3巻《かん》で大団円《だいだんえん》となりましたが、いかがでしたでしょうか？

『スター』を持《も》っているのは本《ほん》の中《なか》の特別《とくべつ》な生徒《せいと》たちだけでなく、「あなた」にもあるんだよー！　っていうのを伝《つた》えたくて書《か》いたお話《はなし》でした。だってみんな個性《こせい》があって『普通《ふつう》』の子《こ》なんていないから。「あなた」は無限《むげん》の可能性《かのうせい》を持《も》っているキラッキラの原石《げんせき》だからさ。本《ほん》っつっ当《とう》にまぶしくて、愛《いと》しくて尊《とうと》い存在《そんざい》だよ！　「あなた」自身《じしん》の物語《ものがたり》、読者《どくしゃ》として楽《たの》しみにしているね。

そしてお礼《れい》はまだまだ続《つづ》きます！　まずは本《ほん》っつ当《とう》に素敵《すてき》なキャラを生《う》み出《だ》してくださった桂《かつら》先生《せんせい》！　あこがれの先生《せんせい》にお仕事《しごと》をお願《ねが》いできて宝《たから》くじに当《あ》たったくらい嬉《うれ》しかったです。一《いち》ファンとして大好《だいす》きです！　ありがとうございました!!　そして前担当《ぜんたんとう》のYさまっ、本《ほん》っつ当《とう》にお世話《せわ》になりました。新担当《しんたんとう》のDさま、今後《こんご》ともよろしくお願《ねが》い致《いた》します。（土下座土下座《どげざどげざ》）

関係各所《かんけいかくしょ》のみなさま、家族《かぞく》や友達《ともだち》にも感謝申《かんしゃもう》し上《あ》げます。いつもありがとうございます！

そして今回《こんかい》も一番《いちばん》は今《いま》この本《ほん》を手《て》に取《と》ってくださっている「あなた」へ！

あなたのことを想《おも》い浮《う》かべることで、最後《さいご》まで走《はし》りきることができました。いつもパワーをくれて本当《ほんとう》にありがとう！

そしてありがたくもデビュー10周年《しゅうねん》企画《きかく》がはじまるようで……。『こちらパーティー編集部《へんしゅうぶ》っ！』が単行本《たんこうぼん》で帰《かえ》ってきます！　本《ほん》や雑誌作《ざっしづく》りに興味《きょうみ》がある方《かた》や、前《まえ》に読《よ》んでくださった方《かた》は、ぜひまたゆの達《たち》に会《あ》いに来《き》て頂《いただ》けると嬉《うれ》しいです。２０２５年初頭頃発売予定《ねんしょとうごろはつばいよてい》です。『スイッチ！⑮』も来年発売予定《らいねんはつばいよてい》なので、こちらもどうぞヨロシクです。

それでは。また本《ほん》の世界《せかい》でお会《あ》いしましょう。大大大大大好《だいだいだいだいだいす》きだよおおおおお！（ＬＯＶＥ《ラブ》！）

最後《さいご》に角川《かどかわ》つばさ文庫《ぶんこ》小説賞選考委員《しょうせつしょうせんこういいん》の宗田《そうだ》 理先生《おさむせんせい》。私《わたし》たちに素敵《すてき》な物語《ものがたり》を届《とど》けてくださり、ありがとうございました。小学生《しょうがくせい》の頃《ころ》、はじめて自分《じぶん》のおこづかいで買《か》った角川文庫《かどかわぶんこ》が『ぼくらの七日間戦争《なのかかんせんそう》』でした。

先生《せんせい》のようにたくさんの子《こ》どもたちをワクワクさせる物語《ものがたり》が書《か》けるよう、精進《しょうじん》したいと思《おも》います。心《こころ》よりご冥福《めいふく》をお祈《いの》り申《もう》し上《あ》げます。

深海《ふかみ》ゆずは

【公式《こうしき》ホームページ】https://fukamiyuzuha.jp

**深海ゆずは／作**
東京都大田区在住。「こちらパーティー編集部っ！」で第２回角川つばさ文庫小説賞一般部門の最高の賞である《大賞》を受賞し、作家デビュー。主な作品に「スイッチ！」シリーズ（角川つばさ文庫）がある。射手座のＢ型。趣味は旅行と食べ歩き。ごはんはいつもおかわりします。好きな言葉は「想像力より高く飛べる鳥はいない」「迷った時は前に出ろ」。

**桂 イチホ／絵**
漫画家・イラストレーター。

角川《かどかわ》つばさ文庫《ぶんこ》

**七色《なないろ》スターズ！③**

**わたしの運命《うんめい》の人《ひと》、だれですか!?**

**作《さく》　深海《ふかみ》ゆずは**
**絵《え》　桂《かつら》 イチホ**

2024年９月11日　初版発行
2025年１月15日　再版発行

発行者　山下直久
発　行　株式会社KADOKAWA
〒102-8177　東京都千代田区富士見 2-13-3
電話　0570-002-301（ナビダイヤル）
印　刷　株式会社KADOKAWA
製　本　株式会社KADOKAWA
装　丁　ムシカゴグラフィクス


ISBN978-4-04-632302-6　C8293　N.D.C.913　190p　18cm



**読者のみなさまからのお便りをお待ちしています。下のあて先まで送ってね。**
**いただいたお便りは、編集部から著者へおわたしいたします。**

**〒102-8177　東京都千代田区富士見 2-13-3　角川つばさ文庫編集部**

深海《ふかみ》ゆずは10周年《しゅうねん》
特別《とくべつ》告知号《こくちごう》
うれしいお知《し》らせ☆これからもぞくぞく
こちらパーティー編集部《へんしゅうぶ》っ!
深海《ふかみ》ゆずは・作
榎木《えのき》りか・絵
ink
みんな、おまたせ!!
ついに! あのメンバーが
帰《かえ》ってくる!!
Party
あたしが、ぜったい、
パーティーを復活《ふっかつ》させる!!
勉強《べんきょう》も運動《うんどう》も×《ペケ》だけど、大好《だいす》きな雑誌《ざっし》「パーティー」を
復刊《ふっかん》させるために、今度《こんど》は出版社《しゅっぱんしゃ》で編集者《へんしゅうしゃ》やっちゃいます!
でも現実《げんじつ》はそんな簡単《かんたん》にはいかなくて…? このままだと
永遠《えいえん》に復刊《ふっかん》はナシって、ちょっと待《ま》ってください!!
――ドタバタ編集部《へんしゅうぶ》コメディ復活《ふっかつ》です☆
2025年初頭《ねんしょとう》ごろ発売予定《はつばいよてい》
角川《かどかわ》つばさBOOKS《ブックス》で
続編制作決定《ぞくへんせいさくけってい》!!
最新情報《さいしんじょうほう》はここからチェック!
はばたけ、どこまでも。
[つばさ発の単行本] 角川つばさBOOKS